L'Enfant du Port

Roger Duvernois

L'ENFANT DU PORT

ROMAN

Tous droit de traduction, de reproduction
et d'adaptation réservés pour tous pays

© 2016 - Roger Duvernois
Editeur : BoD - Books on Demand
12/14 rond-point des Champs Elysés 75008 Paris
Impression:BoD-Books on Demand Allemagne

ISBN : 9782322113149

Dépôt légal : septembre 2016

À Claire, mon épouse

*pour son aquarelle
"mes bateaux" .
qui illustre la couverture
et sans laquelle ce livre
n'aurait jamais vu le jour*

I

— Non, maman, impossible, je ne peux pas demain. Julien doit passer le week-end avec moi, …oui, d'accord, je viendrai dimanche en fin d'après-midi, …oui, avec lui bien sûr, avant de le raccompagner chez sa mère.

Marc tentait, depuis près de vingt-cinq minutes, d'échapper au traditionnel dîner du premier samedi de chaque mois organisé par sa mère. Ce premier samedi du mois de mai était pour lui l'aboutissement d'un long et douloureux parcours. Depuis deux ans, il se battait pour obtenir le droit de prendre son fils Julien avec lui une fois par mois. Lors du divorce, il s'était vu attribuer le droit de visite sans difficulté. Le jugement stipulait : "d'un commun accord entre les parents et en tenant compte de l'intérêt de l'enfant". Toute la procédure s'était déroulée sans difficulté particulière et Marc avait dit oui à tout en toute confiance. Sabine et lui avaient décidé de leur séparation un soir de juillet, la veille de leur départ en vacances. Sabine lui avait annoncé qu'elle ne partirait pas avec lui pour la maison de campagne familiale. Il était hors de question pour elle de "gâcher" ses trois semaines de congé dans ce bled perdu. D'ailleurs, elle avait déjà retenu son séjour au bord de la mer pour elle et Julien. Bien entendu, il était exclu qu'elle abandonne son fils aux bons soins de Marc. Celui-ci avait bien tenté de faire valoir que "son fils" était "aussi" le sien, mais rien n'y fit. D'accord, Julien adorait la maison de campagne, il raffolait des parties de pêche avec son père comme de patauger dans ce ruisseau qui traverse la propriété. L'air de l'arrière-pays breton était vivifiant et Julien visitait chaque année Concarneau avec le même enthousiasme, d'accord ! D'accord sur tout, mais rien ne compensait la présence de la grand-mère paternelle qui, immanquablement, déboulait dès le troisième jour de vacances. Sabine tenait sa présence comme une atteinte personnelle à la liberté qu'elle entendait faire régner dans son ménage pendant ces quelques semaines de congé.

Marc plaidait sa cause :

– Mais c'est quand même sa maison après tout, elle est bien gentille de nous la prêter et ça nous fait l'économie d'un hôtel.

Il savait bien que Sabine avait raison, que chaque année le même scénario se renouvelait. Un mois avant les vacances, sa mère ne parlait que de son futur voyage dans un coin quelconque du monde. Un lieu paradisiaque qu'elle allait découvrir avec sa meilleure amie du moment. Tout était prévu, retenu, les billets d'avion, l'hôtel, tout ! Sa meilleure amie, qu'elle avait rencontrée trois semaines auparavant à une soirée chez les Machin-Chose, était vraiment délicieuse, cultivée et tellement classe ! Au troisième jour des vacances, Belle-Maman débarquait à la gare de Concarneau et arrivait au village de Plouleven par le bus de cinq heures. De la catastrophe aérienne à l'incendie total du palace qui devait les recevoir, en passant par la mort du petit chat de son amie, l'ensemble des événements qui se mettaient en travers de sa route des vacances auraient fait les beaux soirs du journal de vingt-heures pendant une bonne quinzaine de jours.

Marc avait abandonné la partie et Sabine était partie sans lui, avec Julien et les trois valises, pour les bords de la Méditerranée. Il ne l'avait plus revue cette année-là. Pas plus que sa valise. Par la suite, après le divorce, il n'avait jamais obtenu plus que de voir son fils une ou deux heures chaque fois, au domicile de la mère, et encore, les jours où elle avait besoin de lui comme baby-sitter. Tout cela étant « pour tenir compte de l'intérêt de l'enfant ». À bout d'arguments, Marc avait fait valoir ses droits et rapidement, après deux ans de procédure, il s'était enfin vu attribuer le droit de le prendre chez lui un week-end par mois.

Demain matin il passerait prendre Julien pour la première fois. Tout un week-end pour le retrouver. Il imaginait déjà le programme.

Julien est sagement assis sur la banquette arrière. À sept ans, on ne peut pas encore voyager à l'avant des automobiles. Marc est frustré, il est privé de ces premiers instants d'intimité avec son fils. Néanmoins, il a tellement le sentiment de transporter la chose la plus précieuse pour lui qu'il redouble de prudence au volant. Heureusement, la circulation du samedi matin est plutôt fluide et la maison n'est plus très loin. Il repasse le programme de la journée dans sa tête. Il est déjà dix heures ! Un petit tour à l'appartement pour que Julien prenne connaissance de sa nouvelle chambre qu'il doit en principe retrouver une fois par mois.

 Marc a changé de domicile après sa séparation car Sabine lui a demandé de leur laisser, à elle et Julien la maison pratiquement finie de payer. Il se contente de régler les deux dernières années du crédit. Ajouté à la pension pour Julien, il n'a pas vraiment pu acheter un palace. Pour faire bonne figure, il loue un trois pièces dans un quartier quand même assez chic. L'appartement, moderne, donne directement sur le parc des Buttes Chaumont, avec un grand balcon en façade. À une autre époque, c'était un quartier populaire. Depuis longtemps, les constructions neuves sont venues remplacer beaucoup d'immeubles vétustes. Paris s'est transformé et plus encore dans les arrondissements périphériques comme celui-là. Malgré cela, Sabine avait poussé des hauts cris à l'idée que son fils allait "s'enterrer" une fois par mois dans cette lointaine et prolétaire banlieue de son seizième natal. Car Julien, bien que Marc et Sabine aient déjà acquis leur maison de Saint-Germain, était né près de la Porte Dauphine, dans une clinique proche du domicile de ses grands-parents maternels. Marc, pour sa part, se sent parfaitement bien dans ce quartier, même s'il regrette l'époque qu'il n'a pas connue, où ces lieux ressemblaient à un village, avec toutes ses constructions anciennes, ses maisons nichées au fond des petites cours et ses rues commerçantes grouillantes de vie. Mais il apprécie le confort de son immeuble moderne. Julien a sa chambre et Marc a aménagé son bureau de façon à pouvoir y dormir et laisser sa propre chambre pour un copain éventuel au cas où Julien voudrait en inviter un.

À midi, déjeuner au fast-food du centre commercial. D'après sa mère, Julien en raffole. Marc a horreur d'ingurgiter ces sortes de salades décomposées qui anticipent l'arrivée des éponges de farine mal cuite imbibées de mayonnaise douceâtre et remplies d'un reste de vache laitière à la retraite haché menu. Il se soumet à la tradition instaurée par Sabine, tout en se promettant, au cours des mois à venir, de remédier à cette carence d'instruction gastronomique. Connaissant le goût immodéré de son ex pour le travail bien fait, surtout par les autres, il imagine facilement la taille monstrueuse du congélateur qui doit à présent orner la cuisine de son ancien domicile. A lui d'orienter Julien vers une appréciation plus saine des saveurs. Dès les prochaines vacances, en prime il aura Julien tout un mois, il se promet, avec lui, de bonnes parties de pêche sur le port de Concarneau. Rien de tel qu'une friture fraîchement sortie de l'eau pour éveiller des papilles trop longtemps vouées à l'indifférence.

Cet après-midi, piscine. Un garçon de huit ans doit savoir nager, surtout s'il doit passer régulièrement ses vacances à proximité de la mer. Sabine déteste l'eau. De nombreuses fois, il a tenté de lui apprendre les mouvements de base sans succès. Un jour, sur les conseils éclairés d'un copain, il a essayé la méthode qui réussit si bien aux chiots : balancer directement l'animal à l'eau, le chiot s'en sort toujours. Seulement Sabine n'était pas un chiot et s'il n'avait pas plongé aussitôt derrière elle, aujourd'hui, il serait veuf et non pas divorcé.

Marc chasse d'un geste définitif des pensées indignes de lui et se concentre sur la première leçon de natation de Julien. Ce n'est pas un chiot non plus, il se mettra à l'eau avant lui et ne le lâchera pas. Il tremble d'avance à l'idée de sa responsabilité. Il n'avait pas encore envisagé les retrouvailles, en tête-à-tête avec son fils, sous cet angle. Il se rassure, il n'y a pas de risque, à la piscine, il y a un maître-nageur.

Julien écoute se dérouler le programme de sa journée, sans broncher, sagement assis à l'arrière de la voiture. Apparemment son père n'a pas encore décidé de leurs activités pour dimanche. Ce qui lui importe surtout aujourd'hui, c'est de prendre possession de son nouvel univers mensuel. Il a quitté son père quand il avait à peine quatre ans et n'en a gardé que des bribes de souvenirs glanés au fil de leurs brèves rencontres. Plutôt un père Noël qu'il voyait arriver chaque fois avec les bras chargés de cadeaux. Sa chambre vraie, celle chez sa maman, contient encore quelques paquets qu'il n'a pas honte d'avoir oubliés sitôt reçus. Une maquette de contre-torpilleur, toute en bois, à construire à partir d'un coffret de mille soixante-dix-neuf pièces ou une encyclopédie pourtant frappée du sigle junior n'ont que peu d'attrait pour un gamin d'à peine six ans à l'époque. La petite console de jeux format de poche lui avait en revanche laissé plus de traces et augurait un peu mieux de ce qu'il était en droit de découvrir dans sa nouvelle demeure alternative. Julien pensait aussi à cette gigantesque boîte de chocolats, reçue à l'occasion du dernier Noël et qu'il n'avait pas eu le droit d'ouvrir sous prétexte que sa mère souffrant du foie; il n'y avait aucune raison qu'il n'ait pas hérité de sa profonde aversion pour cette friandise. La boîte avait fini en cadeau à une vague cousine et celle-ci étant de la famille, Julien en avait conclu que sa mère ne se préoccupait guère de lui appliquer les mêmes principes de précaution. Le pire avait été lors d'une visite à la-dite cousine quelques semaines plus tard. Celle-ci s'était répandue en remerciements et en affirmant haut et fort de la qualité des chocolats. Sa bonne mine et son entrain n'avaient pas été sans faire réfléchir Julien. De toutes façons, les magasins n'étaient pas encore fermés et il avait jusqu'au soir pour faire entrevoir à son père à quel point les goûts apparents ou prêtés à un enfant peuvent changer.

Marc roulait tranquillement. Échapper au traditionnel repas du samedi soir en tête-à-tête avec sa mère, ajoutait encore au plaisir de la présence de Julien. Il adorait sa mère, mais le plus long aurait été de recopier dans son agenda, dates à l'appui, les recommandations, conseils ou autres suggestions sur la conduite de sa vie, dont elle l'abreuvait toute la soirée. S'il avait pu se rappeler de tout, il lui aurait fallu trouver un agenda consacrant cinq pages pour chacune des journées du calendrier.

II

Le train avait du retard et pour un peu, ils rataient le car devant les déposer à cinq heures sur la place de Plouleven. Deux mois s'étaient passés depuis le premier week-end de retrouvailles avec son fils. Marc tenait bien serrée dans la sienne la main de Julien, le car, bondé, comme toujours en ce début de période de vacances, fonçait sur la petite route de campagne. Quinze kilomètres et quelques dérapages contrôlés plus tard, il avait récupéré son horaire normal et le conducteur, hilare, stoppait sur la grand-place et attendait les félicitations des voyageurs. Ceux-ci, pour la plupart, se moquaient totalement d'arriver à un quart d'heure près de l'horaire prévu, le principal étant d'arriver. Néanmoins, comme beaucoup fréquentaient régulièrement la ligne, le chauffeur reçut l'ovation espérée juste ponctuée de quelques hoquets provoqués par les haut-le-cœur de certaines passagères. Marc se glissa hors du car sans faire de commentaires. Un kilomètre plus loin, et vingt minutes plus tard à cause des valises, ils s'arrêtaient tout deux devant *Les Menhirs*, la villa de vacances de Mamy-Simone.

Julien, que le trajet en car n'avait nullement incommodé, resta un long moment planté devant la grille en fer forgé, admirant le petit escalier à balustres en fausse pierre qui autorisait l'accès à la porte d'entrée. Ajouté à cela les deux lions moussus, perchés sur chaque pilier encadrant le portail, et il n'était pas loin de trouver à l'ensemble un petit air de château accueillant Peter Pan. Les vacances s'annonçaient bien. De toute façon ça le changeait de la colo où il se retrouvait en juillet depuis quelques années. De plus son père était hyper sympa, il avait déjà passé deux week-ends chez lui dans la plus parfaite harmonie. L'appart était cool, petit mais cool. Sa chambre possédait un mystérieux pouvoir, il l'avait quittée, la première fois, dans la plus gigantesque pagaye et le mois suivant, retrouvée comme au premier jour. Cette chambre avait la faculté rare de revenir à son état naturel dès qu'on lui laissait un temps normal de repos. Il avait, bien entendu, renouvelé l'expérience, mais n'avait pas pu contrôler le résultat, son père l'ayant pris, ce samedi, directement chez sa mère pour l'emmener à la gare.

Là, le bât blessait un peu Julien. Son père avait changé sa voiture, la troquant contre un superbe petit coupé sport japonais. Malheureusement, comme il avait vendu sa vieille berline à un collègue de bureau avant d'avoir reçu la neuve, et comme la neuve se trouvait encore au troisième pont inférieur d'un paquebot panaméen bloqué dans un port d'Extrême-Orient par une avarie regrettable, …et comme, même le concessionnaire le plus consciencieux comme l'était le sien, ne pouvait rien contre la fatalité, …et comme aucun délai précis de réparation du gouvernail du navire ne pouvait être avancé, ... et comme il avait déjà réglé le prix intégral, Marc avait décidé de prendre le train. Julien avait regretté de ne pas faire le voyage dans la belle auto, mais la perspective de retourner la chercher bientôt l'aidait à atténuer sa déconvenue.

Ayant fait avec Julien le tour du propriétaire, Marc le laissa s'installer dans la chambre d'amis. De retour au salon, affalé sur le canapé, il prit conscience du fait que c'était la première fois qu'il revenait dans cette maison depuis le pénible mois de juillet de la séparation. Cette année-là, il avait tenu trois jours, seul. Puis, il était reparti, sans même attendre l'arrivée de sa mère. Celle-ci devait prendre l'avion pour le Bade-Wurtemberg le jour même de la rupture et il ne l'avait pas prévenue. Le jour de l'arrivée de celle-ci à Plouleven, lorsqu'elle trouva la maison vide, il y eut autant de bruit qu'à Landerneau. Pour une fois, elle n'adressa plus la parole à son fils jusqu'à la fin du mois. Ce qui lui fut, en toute franchise, d'un grand secours pour retrouver ses esprits avant la reprise de son travail. En quittant *Les Menhirs*, il avait foncé comme un fou et traversé l'hexagone en un peu plus de deux jours, prudence naturelle oblige. Pendant la semaine suivante, il avait traîné sur toutes les plages du Sud-Est. Malheureusement, rien ne ressemblait à la frimousse de Julien parmi tous les bambins qui s'ébattaient dans les eaux tièdes de la Grande Bleue. Nul pêcheur en herbe, trempant son fil sur le quai d'un port de plaisance ne possédait sa chevelure blonde un peu frisée ni son profil gréco-limousin hérité de la lignée des Marc, car, bien entendu, dans la famille de Marc, tous les aînés mâles se prénommaient Marc. Sauf Julien, mais ça, c'était Sabine !

Désemparé, envahi par le froid glacial de la solitude et malgré les bons vingt-huit degrés ambiants, il rajouta deux pull en-dessous de son survêtement et reprit la route. Ce n'est qu'à l'arrivée qu'il s'aperçut que, comme pour sa valise, il n'avait pas non plus la clef du domicile conjugal. Il retourna à Plouleven.

Marc se secoua pour quitter ces sombres pensées. Julien était ici, en vacances, avec lui, et pour un mois. Demain ou après-demain au plus tard, il verrait sa tignasse dorée et sa frimousse de petit diable, au bord du quai, sur le port de Concarneau. Rassuré, il descendit dans le garage vérifier si les lignes de pêche étaient toujours en état.

III

Trois jours sont passés. Marc et julien n'en finissent pas de se rencontrer. Marc se découvre un véritable don pour inventer toutes sortes de jeux à partager. Jamais il n'a passé de tels moments de bonheur. De parties de foot, sur le petit bout de lande pelée à l'arrière de la villa, en course à cloche-pied, avec relais d'arbre en arbre, le temps paraît trop court. Les deux cent cinquante mètres du petit chemin de terre entre le portail et la départementale devraient faire une piste convenable pour faire du vélo. Il y a belle lurette que Marc n'est pas monté sur le sien qui est toujours au sous-sol. Dès demain, il va penser à le remettre en état. Sa nouvelle voiture doit lui être livrée presque à domicile, par l'intermédiaire du concessionnaire de Concarneau. Dans deux jours, au plus tard, ils pourront ensemble se rendre à la ville acheter un vélo pour Julien. Il sera rouge, le futur challenger des prochains « Tours de Concarneau » en a décidé ainsi, c'est irrévocable. De toute façon, la couleur d'un vélo est forcément rouge pour les garçons et bleu pour les filles. Allez savoir pourquoi !

Chaque matin, devant un solide petit déjeuner, le père et le fils discutent longuement à bâtons rompus, évoquant les souvenirs de la veille et préparant ceux de la journée. Marc se lève pour verser encore du lait dans le chocolat trop chaud de Julien et reprendre un peu de café. Le grille-pain, qui en est à son troisième cycle, se prépare à assurer la relève des tartines beurrées avec de bons toasts de confiture. Il se retient de prendre son fils dans ses bras, il l'a déjà fait trois fois depuis son réveil. Une vieille inhibition le retient souvent. Heureusement, par deux fois depuis les trois derniers jours, il lui a dit "je t'aime", en ajoutant "tu sais", par pudeur. Le grand sourire de Julien l'a touché en plein cœur. Il n'a jamais connu ça dans le passé. Leur intimité, leur complicité et leurs secrets partagés (Marc connaît tout sur Nora, la petite amie d'école de Julien), font de la maison, si grande et si froide dans le souvenir d'enfance de Marc, un havre de paix chaud et douillet dont la taille se réduit à leur seule existence.

Tout deux récupèrent leurs forces épuisées par une longue année d'activité intensive. En bon élève, sérieux et appliqué, Julien à passé ses trois trimestres scolaires à lutter contre les embûches habilement dressées par un instituteur sournois sur les chemins de la connaissance. Heureux de compliquer des choses qui auraient pu, au demeurant, être d'une simplicité enfantine, c'est-à-dire à la portée normale d'un élève de sa classe, il laissait fuir à plaisir les robinets dans des baignoires percées et les trains prendre des retards considérables sur des horaires fantaisistes. Pour ne pas avoir su fermer l'hémorragie

aquatique dans les délais impartis, Julien n'en finissait pas d'éponger les trop-pleins. Cela ne lui laissait même pas le temps, avant que la sonnerie de fin de cours ne retentisse, de prévenir le voyageur imprudent que le décalage d'horaire du train lui ferait manquer sa correspondance. Ajoutés à cela que les manuels d'histoire se révélaient incapables de classer correctement les principaux personnages, comme ce Napoléon Ier venant en queue de peloton après un Louis XVI. Julien avait bien tenté, dans une rédaction, de faire suivre Richard III derrière Henri II, mais il s'était vu qualifié de traître à la nation et d'anglophile. Le maître avait même prétendu que Jeanne d'Arc s'en était retournée dans sa tombe. La remarque avait laissé Julien perplexe. Il avait pourtant le souvenir que celle-ci avait été brûlée et il voyait mal comment un petit tas de cendre pouvait se retourner. À Plouleven, il se sentait plus proche des Vikings que des Anglais. La perspective de voir apparaître un de leurs fameux drakkars au bout de la jetée du port de Concarneau lui donnait d'agréables frissons dans le dos.
À propos de Concarneau, l'absence de véhicule les avait, jusqu'à ce jour, empêchés de se rendre au port et Julien avait dû se contenter de tremper le fil de sa ligne dans l'eau du ruisseau. Il n'avait réussi qu'à ferrer un crapaud suicidaire en mal d'amour de quelque grenouille. Heureusement ce soir-là, un cirque, installé depuis le matin sur la place du village, devait donner deux représentations. Marc avait promis de l'emmener à la séance de dix-huit heures. Julien surveillait attentivement la pendule, il était déjà presque cinq heures.

À cinq heures pile, Mamy Simone descendait du car et faisait une entrée magistrale à la villa *Les Menhirs* alors que la pendule sonnait la demie. Le rideau du cirque tombait sur les espérances de Julien.

Accoudé, seul, sur la grande table de la cuisine, Julien regarde d'un air morose le bol de lait froid où finissent de se diluer les trois cuillerées de céréales, complètes, sans sucre ni chocolat, qui compose le menu matinal de Mamy Simone. Il n'a rien contre, sinon que, ce qui est bon pour elle est forcément indispensable pour son petit-fils. Elle a terminé depuis un bon quart d'heure, alors qu'il rêve encore de confiture devant son bol qui deviendra sous peu la soupe du chat. Depuis son arrivée, l'heure du coucher « des enfants » a été fixée par décret à vingt heures trente. De notoriété publique, Mamy, souffrant d'insomnies chroniquement intermittentes, accorde largement, chaque matin, son temps au soleil pour s'élever assez haut et réchauffer l'atmosphère avant de venir le contempler depuis la fenêtre de sa chambre.
Marc et Julien profitèrent donc, dès le second jour, de leur intimité matinale préservée pour s'adonner à leurs agapes habituelles du petit déjeuner à deux. Ils n'eurent aucun reproche lorsque, vers dix heures trente, Mamy se pointa en robe de chambre et déjeuna seule dans la cuisine. Ceci pour la bonne raison qu'ils étaient déjà engagés à l'extérieur dans une bonne partie de foot. Depuis les lourds nuages accumulés au plafond de la salle à manger à leur retour vers midi, jusqu'aux grimaces reflé-

tées par la soupe du soir, tout leur indiqua clairement le droit chemin dont il était si redoutable de s'écarter.

Le lendemain matin, couché depuis la fin du journal de vingt heures la veille au soir, Julien tournait sans but dans la cuisine, comme un derviche dans une boîte à prière. Mais les paroles qu'il psalmodiait n'avaient rien de chrétiennes. Pour conjurer le sort, Marc taillait mélancoliquement avec son vieux couteau, un morceau de rameau d'olivier ramené de son lointain périple sur la Côte d'Azur. Chacun pensait avec regret à leur intimité perdue en échangeant de temps en temps un regard de détresse. Aucun d'eux n'avait le cœur à envisager le programme de la journée comme ils le faisaient d'habitude. Ils savaient bien que leur pouvoir de décision s'était racorni pour être passé au micro-onde de l'autorité supérieure. La faim tenaillait Julien. Par réflexe, il vint chercher refuge sur les genoux de son père qui referma ses bras sur lui. L'ange étant passé, c'est dans cette position qu'ils furent surpris par Mamy-Simone. Ils eurent droit à un haussement d'épaules de commisération.

À dix heures trente, Julien était attablé devant son bol de céréales, complètes, sans sucre ni chocolat, avec un peu de lait froid.

IV

Le concessionnaire de Concarneau vient d'appeler. Le coupé japonais vient d'arriver. Le modèle est récent et encore inconnu de ses services. Il a été placé en salle d'observation, le grand patron envisage une courte période de rééducation. Il n'a pas précisé s'il s'agissait de son personnel ou du véhicule. Dans trois jours, celui-ci sera autorisé à sortir. Sous réserve que Marc prenne l'engagement de le ménager pendant sa période de convalescence, il pourra lui faire faire ses premiers tours de roues dès jeudi. Il faudra, bien sûr, éviter les voies à grande circulation et les accès périphériques toujours beaucoup trop encombrés, le stress serait trop fort pour un premier contact. Étant donné que la concession se trouve en centre ville, Marc voit mal comment il peut s'y prendre pour rallier Plouleven uniquement par des chemins de traverse. Jeudi, en début d'après midi, ils seront tous deux, Julien et lui, fidèle au rendez-vous, et… à nous la liberté. Marc se précipite pour en informer Julien.

Depuis une semaine, celui-ci tourne en rond aux *Menhirs*. Les huit cents mètres carrés de lande derrière la maison ne constituent pas un espace suffisant pour s'isoler, la voie forte de Mamy Simone ayant une portée bien supérieure et se transmettant, bien sûr, à la vitesse du son. Un trop rapide calcul pour être exact, d'autant plus qu'il n'est pas très doué en maths, lui a clairement montré que sa seule chance de connaître vingt-quatre heures de répit serait d'embrasser la carrière d'astronaute. Au moment où ses sombres pensées le plongent dans un état proche du découragement total, son père le hèle de loin pour lui annoncer la bonne nouvelle : Pégase est arrivé.

Dans les minutes qui suivent, ils sont assis au pied du chêne, plus que centenaire comme tous les chênes, qui orne le fond du terrain. Julien se complaît, dès que l'occasion se présente, à prétendre que ce chêne a été planté par son arrière-grand-père en l'honneur de la naissance de sa fille. À chaque fois, Simone frôle l'apoplexie. Aujourd'hui, il ne sert qu'à donner un peu d'ombre, abritant ainsi le père et le fils plongés dans l'étude du premier itinéraire qu'ils vont effectuer à bord de leur splendide coursier. Compte tenu de la grande complexité dudit coursier, le concessionnaire a bien prévenu qu'il ne laisserait pas Marc s'emparer du volant avant d'avoir été dûment formé par le meilleur des meilleurs de son atelier. Tout laisse à penser qu'ils ne pourront pas prendre les rennes en main et cravacher la bête avant la fin de l'après-midi.

Julien suggère à son père d'écourter la période de formation, il se chargera de lui lire la notice d'emploi et le

guidera comme tout bon copilote au cours de leur randonnée. Marc lui rappelle le mode d'emploi de la montre japonaise qu'il lui a offerte avant leur départ. Après trois heures de lecture attentive de la traduction « japanes > english > frances », et une tentative d'interprétation de la version « deutch », ils ont dû se résoudre à admettre leur incurie dans le maniement de l'heure asiatique. Depuis, Julien porte religieusement sa montre à son poignet droit. Le principal étant de bien penser à retrancher trois heures et douze minutes pour connaître l'heure exacte. Le garçon convient de la justesse des propos de son père, ils se contenteront d'une bonne partie de pêche sur le port à la sortie de la concession. Le père et le fils se regardent dans les yeux, ils se sont compris, bientôt il s'évaderont dans le carrosse de la liberté.
Lorsqu'ils arrivent à la maison, Mamy se déclare ravie de la venue du coupé grand sport. Il fera sa joie, elle qui est tellement privée de tout son petit monde toute l'année. À quelle heure part-on jeudi ? Marc regrette amèrement d'avoir choisi la version avec la mini-banquette arrière supplémentaire.

Enfin, le grand jour est arrivé. Marc et son fils sont partis, par le car de neuf heures trente, pour Concarneau. À leur départ, la maison était déserte. Ils ont pris l'un et l'autre, sans s'être concertés, de grandes précautions pour ne gêner le sommeil de personne. Mais qui dormait ? Dans le car qui les emmène, nul remords ne les torture. Pour ne pas faire grincer la porte du garage, ils n'ont pas pris leurs vieilles cannes à pêche utilisées pour le ruisseau. Marc doit en acheter des neuves mieux adaptées pour la mer. Julien se laisse bercer par le ronronnement monotone du moteur du car. Il a, à nouveau, son père bien à lui et encore deux longues semaines pour en profiter.

L'achat des cannes à lancer a été rondement mené. Le vendeur était un vrai pro. Le prix à payer a été un peu exorbitant, ce qui prouve pour Julien la qualité du matériel et pour Marc le professionnalisme du vendeur. Mais qu'importe, Julien sourit aux anges. Marc fixe son regard sur les quelques petits nuages blancs qui courent dans le ciel étonnamment bleu et croit bien en voir deux ou trois battre des ailes.

Deux heures plus tard, après un pantagruélique repas de crêpes au sarrasin entassant l'œuf, le saumon et les anchois, et plus tard celles au froment réunissant harmonieusement le sucre, la confiture et la crème de marrons, les deux compères sortent du restaurant dans un grand hoquet au relent de cidre bouché. L'âme légère et l'estomac lourd, ils abordent confiants l'épreuve de la première rencontre.

Le souffle coupé, Marc contemple son bolide. Le monstre, à la ligne effilée saisie par le grand-angle du photographe chargé du catalogue s'est miraculeusement transformé en une semi-berline au profil robuste, bien campé sur ses quatre roues. Marc constate que, sur ce point, il ne s'est pas trompé, même la roue de secours, réellement de secours, fine et racée, voisine de celle d'une bicyclette, est à sa place, dans le coffre. On voit bien que c'est sa vraie place. Il n'y en a d'ailleurs pas pour autre chose. À part, peut-être un porte-document de ministre, pas trop épais. Cela conforte Marc dans sa grande méfiance pour les traductions japanes > english > frances. Il avait cru comprendre que la voiture était petite à l'extérieur et grande à l'intérieur. En réalité, c'est l'inverse. Marc s'installe au volant de son coupé. Là, il en est sûr, c'est un vrai coupé, coupé net, verticalement, tout de suite après la mini-banquette arrière. L'image du catalogue, représentant un museau agressif, ne laissait pas présager une fin si brutale et précoce. Julien lui fait remarquer le coté pratique d'une si faible longueur qui facilite tellement le parking. Il n'empêche que Marc regrette un peu la classe du splendide espadon argenté de son bon de commande quand il démarre dans le semi-bull-dog junior rouge orangé.

Le concessionnaire lui a expliqué toutes les difficultés des systèmes de commandes des chaînes de fabrication automatisées. Un miracle de la technique si elles peuvent s'y reconnaître dans toutes les langues. Le pourcentage d'erreur est si faible qu'il ne vaut pas la peine d'en parler. De toute façon, il n'y perd rien, le prix n'a pas changé !

Leur bonne humeur est revenue quand ils débarquent sur le port et déballent leur matériel tout neuf.

Il n'est que cinq heures et les quais sont encore très animés. Le beau temps, comme toute chose rare, est pleinement apprécié par les vacanciers. Les terrasses des cafés regorgent de touristes qui prennent de l'avance sur l'apéritif du soir et font concurrence à celles des restaurants où s'attardent ceux qui prolongent le pousse-café du déjeuner. Tout ce petit monde profite béatement de la canicule de cette fin juillet, tempérée généreusement par le vivifiant air marin du climat breton.

De nombreux promeneurs flânent le long des cat-way et admirent indifféremment les voiliers de tous types amarrés à deux encablures des bateaux de pêche. Un plaisancier explique complaisamment à un jeune couple de néophytes les subtilités du réglage des écoutes et l'importance de la tension des drisses. Il est inscrit pour les régates du lendemain. C'est une course en double et son équipier lui fait faux bon. La jeune femme est emballée, elle se sent une vocation irrésistible pour la voile. Son compagnon, qui suivait distraitement la conversation, se découvre soudain un regain d'intérêt pour un sport que son profil d'arbalète modèle cadet n'évoque en aucune manière. En colo, à huit ans, il a fait une semaine d'école de voile sur Optimist. Le plaisancier approuve en connaisseur. Son coéquipier peut encore changer d'avis, il saura cela demain un peu avant la course. Il note le numéro de portable du néophyte. À tout hasard il inverse les deux derniers chiffres, au cas où il le rencontrerait à nouveau sur le port. Il serre mélancoliquement la main de son ex-future équipière. De toute façon, la régate est reportée au mardi suivant, il l'a appris ce matin.

Marc a suivi involontairement une partie de la conversation en surveillant Julien qui prépare sa canne à lancer. Il le rejoint, un petit sourire aux lèvres. Il se sent tout guilleret pour la première fois depuis bien longtemps. Il regarde son fils qui lance sa ligne avec aisance. Il détourne son regard pour échapper au soleil couchant et s'abîme dans un océan bleu turquoise, emporté par un lent tourbillon ascensionnel. Deux marches avant le septième ciel, une brusque aspiration le plaque sur les pavés du port : Julien a pris son premier poisson. Hébété, Marc écoute la petite fille, à coté de lui et qui bat des mains en admirant la prise de Julien. Derrière lui, sa maman cligne des paupières face au soleil, se détourne et ouvre grand ses yeux. Marc replonge dans l'océan bleu turquoise.

Le contact visqueux des écailles du poisson, que Julien vient de déposer dans sa main, le fait sursauter. L'adresse de son fils à lancer sa ligne n'a d'égal que sa répulsion à saisir les poissons pour les décrocher de l'hameçon. Le temps de s'acquitter de sa tâche, Marc se retrouve seul au milieu d'un champ de pâquerettes. Il commence à rassembler un bouquet quand Julien le charge de sa deuxième prise. Il quitte le rêve et se consacre à sa progéniture.

Le soir, accoudé à la fenêtre de sa chambre, en mal de sommeil, il scrute les étoiles. Autant de petits éclats d'or qui butent sur le bleu profond du ciel nocturne et s'irisent de fines aiguilles plus pâles. Bleu…turquoise !

V

Dès son réveil, Julien bondit à la cuisine. La veille, à leur retour du port, ils s'apprêtaient à déguster sa pêche au dîner. Malheureusement, Mamy n'était pas là. Un billet laconique posé sur le coin de la table leur apprenait qu'elle disposait de sa soirée. Il était vaguement question d'ingratitude, d'abandon de parents et d'égoïsme envers une pauvre créature privée d'une des pauvres joies de sa triste existence. En l'occurrence, la découverte avec ses enfants, d'un trésor à quatre roues longuement convoité. Une vieille dame, habitant la maison au coin de la départementale, l'avait conviée à partager sa solitude qui, comme chacun le sait, est le lot des géniteurs rejetés dans l'oubli. Les poissons avaient pris sagement le chemin du congélateur. Une bonne omelette avait permis aux deux ingrats de surmonter leur honte.
Marc était déjà debout. Vautré dans le vieux fauteuil habituellement réservé au chat, il engloutissait un énorme sandwich beurre-fromage. Julien, sous le regard amusé du paternel, entreprit de l'imiter. Aucune parole n'est échangée avant la dernière bouchée. En final, ils partent

ensemble d'un grand éclat de rire. La journée s'annonce bien.

— Que fait-on cet après-midi ?

La question a été posée par Marc qui guette la réponse.

— M'sait pas, p't'êt qu'on peut retourner à Concarneau ? j'ai bien aimé, hier. C'était chouette sur le port.

Il guette une réaction de son père qui ne vient pas

— J'veux dire, les poissons. Et puis t'a pas pêché hier, t'a juste regardé. Faudrait voir à t'y mettre. J'peux pas nourrir toute la famille !

Marc sourit, il cède sous l'avalanche de bonnes raisons. Il a aussi très envie de revoir le port. Un port si bien fréquenté.

— D'accord, d'accord. Seulement pas ce matin, il faut déjeuner à midi avec Mamy. Sinon elle risque de se vexer si nous l'abandonnons.

Julien approuve. En final, il aime bien sa Mamy qui le gâte chaque fois qu'il lui rend visite à son appartement. Il est un peu triste qu'elle n'ait pas apprécié leur escapade de la veille. Aujourd'hui il sera très sage et très câlin avec elle ce matin. Quand Mamy apparaît à la cuisine vers midi moins le quart, il a tout oublié.

Le repas s'est très bien passé. L'incident de la veille est clos. Ils veulent partir pas trop tard. Très bien. Pour aller où ? Encore sur le port, très bien, chacun est libre. Non elle ne viendra pas. Ce n'est pas qu'elle n'en aurait pas envie mais…, les vieilles personnes ont besoin de repos. De plus elle ne veut en aucun cas s'imposer, elle qui est à la limite d'être impotente. Au dessert, elle demande une civière et monte faire sa sieste.

Marc pèle une pomme et Julien mange sa banane. Le cœur n'y est pas trop. Un vague sentiment de culpabilité les attriste. Mais le sentiment est vague et la vague submerge les côtes des océans exposés aux désirs des hommes. Ils prennent la route un quart d'heure plus tard. Marc chante en accompagnant Brel à la radio et Julien bat la mesure. Le bolide écarlate les porte vers Concarneau. Chacun d'eux s'enveloppe des souvenirs de la veille.

Jusqu'au milieu de l'après-midi, un calme relatif règne sur le port. La criée du matin a son extinction de voix journalière et les bateaux qui ne sont pas en mer sont désertés. Les quais appartiennent aux habitués, c'est-à-dire exclusivement les pêcheurs. Du temps de l'enfance de Marc, de longues files s'échelonnaient tout au long du quai principal. Aujourd'hui, quelques fils nylon solitaires trempent mélancoliquement dans une eau devenue luisante avec des reflets irisés. Les pêcheurs regrettent l'épandage direct des maisons alentour dans le port. Les hydrocarbures sont moins nourrissants pour les poissons. Les lignes sont rapidement montées et lancées, Julien est décidément le plus habile. Marc le regarde suivre le bouchon qui dérive lentement et qu'il ramène régulièrement à son point de départ. Il ne quitte pas des yeux le précieux indicateur, sauf pour quelques rapides coups d'œil qui font le tour de l'esplanade de l'avant-port. Marc s'amuse de ce comportement. Il a bien remarqué, hier combien Julien était sensible aux applaudissements des spectateurs de ses performances, même si son public se résumait à une adorable petite fille aux cheveux blonds et frisés. Il feint la surprise quand il constate que cette évocation prend pour lui une teinte bleu turquoise.

Vers sept heures du soir, ils plient tristement leurs cannes. Ils se sont donnés de grandes claques dans le dos à chaque prise, congratulés longuement quand Julien a relevé son premier bar, pas loin de six cents grammes et rejeté aussitôt. Ils reviennent avec un sac plein. Trois jours de vivres, mais reste-il de la place au congélateur ? Pourtant sur le chemin du retour, le cœur n'y est pas. Aucun rayon de soleil n'a fait miroiter un cheveu blond ni renvoyé l'éclat d'un bleu turquoise.

Deux jours que Mamy garde la chambre. Le premier soir, elle les a très bien accueillis à leur retour de Concarneau et s'est longuement extasiée sur leur butin. Elle n'a pas touché aux poissons frits du jour. Julien s'est empiffré jusqu'à sucer les arrêtes. Marc est resté dans l'expectative toute la soirée qui fut d'un calme que n'aurait pas renié le plus exigeant des habitants de l'Olympe. La lecture assidue des récits de Le Toumelin, concernant ses traversées solitaires des océans, lui avait enseigné que les mers d'huile généraient le plus souvent la tempête. Il avait toujours constaté que, chez sa mère, c'était plutôt l'absence d'huile sur le feu qui précédait les mêmes effets. Compte tenu de leur retour tardif, l'enfant s'était vu attribuer une bonne heure supplémentaire avant l'extinction des feux.

 Marc se cala dans le canapé, près à affronter une sévère discussion sur la nécessité d'un léger recalage de leur système relationnel de vacances. Que nenni. Sa mère ne fit que s'inquiéter de savoir si la journée fut bonne, s'ils s'étaient bien amusés, s'ils avaient fait d'intéressantes rencontres. Elle lui proposa même une partie de dominos. Après en avoir perdu une et laissé gagner trois, Marc s'arracha aux effusions maternelles, ravi de sa soirée.

Le lendemain matin, l'alerte sexagénaire de la veille s'était transformée en grabataire impotente, victime des horribles miasmes dont la ville et principalement le port étaient remplis en cette période de canicule. Qui avait bien pu la contaminer à ce point. Elle supplia son fils de ne plus utiliser sa voiture dont les roues, sans aucun doute, s'étaient imprégnées de la boue nauséabonde des flaques stagnantes sur les quais du port. Tout le monde consigné à la maison, celle-ci, bien éloignée des zones touristiquement polluées attestant de la grande sagesse de sa propriétaire en matière de préservation de la qualité de l'environnement sanitaire de la famille. Ayant ainsi résolu le problème de la mise en harmonie des horaires de chacun, la reine mère se prépara pour une fin de vacances sereine en forme d'univers carcéral.

Julien tournait en rond dans le terrain derrière la maison. Son père était accaparé en permanence par les soins à donner à sa mamy. De nouveau, il culpabilisait, se rappelant avoir à plusieurs reprises, ramassé des boules d'appâts tombées sur le quai lors de sa partie de pêche de la veille. Il s'était correctement lavé les mains avant le repas du soir. Mais avec sa mauvaise habitude de se gratter le nez et de passer une main dans ses cheveux frisés, à

tous moments, c'est lui qui l'avait contaminée en lui faisant un bisou avant d'aller au lit. Courageusement, il décida de prendre ses responsabilités et de ne plus embrasser sa Mamy jusqu'à son complet rétablissement. Sur ce, il s'en fût prendre une seconde douche, par précaution.
À la fin du troisième jour, Marc prit sur lui d'appeler le médecin jusqu'alors refusé par sa mère.
Le lendemain, il promettait à Julien une bonne partie de pêche pour l'après-midi.

VI

Marie-Do s'est réveillée de bonne heure, comme chaque matin depuis le début des vacances. Elle descend avec précaution l'escalier un peu raide qui mène aux chambres à partir de la salle commune. Elle aime le contact de ces pierres rugueuses qui tapissent le mur sur lequel s'appuie l'escalier et couvre tout un côté de la salle du bas. Elle aime la grande cheminée au foyer légèrement surélevé avec ses bûches bien rangées en dessous. Hier, dès leur retour de promenade, elles n'ont pas résisté au plaisir de l'allumer.
Le temps avait été maussade tout l'après-midi et une légère bruine avait imprégné leurs vêtements quand vers cinq heures elles décidèrent de rentrer. La seule vue des flammes dansant dans la cheminée avait remonté un moral qui en avait bien besoin. Le gîte était une solide bâtisse en pierres. Ancienne maison de pêcheur, elle dressait ses murailles de granit dans la lande proche de la falaise. Petite, mais confortable et parfaitement restaurée, elle les avait tout de suite séduites lors du choix sur le

guide. La réalité ne les avait pas déçues quand elles furent arrivées à Concarneau au début juillet.

Marie-Do se faufila derrière le petit comptoir du coin cuisine, glissant silencieusement sur le carrelage, et entreprit de se faire chauffer un bol de lait. Quand la casserole lui échappa des mains, elle tourna instinctivement son regard vers l'escalier. Le lait n'avait pas fini d'étaler sa belle flaque blanche sur le sol brun qu'Anne-Marie descendait les marches, en robe de chambre bleu turquoise, assortie à ses yeux. Sa fille l'accueillit avec un grand sourire, avant de sortir la serpillière de dessous l'évier.

— Toujours aussi maladroite, ma chérie.

— C'est pas grave, m'man. Y'a encore du lait dans la bouteille. T'en veux ?

La mère et la fille, installées face à face sur la petite table pliante de la cuisine, entreprirent de préparer le programme du jour en partageant équitablement les restes de pain de la veille, grillés pour l'occasion. Elles entretenaient soigneusement une grande complicité entre elles depuis que Jean-François s'en était allé. Celui-ci, docteur en médecine, soixante-huitard convaincu et attardé, ne rêvait que de grands espaces, de brousse et de populations à sauver d'elles-même. Idéaliste intégral et persuadé d'être destiné entièrement à sa mission, il avait, sans arrière-pensée, quitté sa femme et sa fille. Estimant qu'elles avaient la chance de vivre dans un pays en toute sécurité, aussi bien sanitaire que physique, et donc que rien ne s'opposait à sa vocation. Un jour viendrait où, son sacerdoce humanitaire ayant couvert de ses bienfaits, le tiers du monde qui en avait besoin, il rentrerait et vivrait heureux avec sa famille dans la joie et la sérénité, c'était toutefois ainsi qu'il avait présenté la chose.

Anne-Marie avait bravement fait face à cette situation avec Marie-Do alors âgée d'à peine neuf ans. Elle s'inclinait devant des raisons incontournables sous peine d'être taxée d'égoïste réactionnaire par son entourage de l'époque. Après l'avoir chaudement félicité de sa compréhension et de son courage au service d'une si grande cause, tous ses amis retournèrent à leurs affaires. Le grand patron du service, où travaillait Jean-François, avait organisé une petite fête à l'occasion de son départ. Dans son discours, il avait magnifié la grandeur du sacrifice de ce médecin généreux, dont l'action honorait toute la profession. Nul doute que lui-même ainsi que tous ses collègues, qui se voyaient malheureusement contraints de poursuivre leur tâche, ici, au service de l'hôpital, le soutiendraient moralement sans faillir. Anne-Marie avait bien un peu l'impression que c'est à elle que les plus grands sacrifices seraient demandés, mais l'heure n'était pas propice à évoquer de basses préoccupations ménagères.

Le soir même, Marie-Do réclamait son père avant de s'endormir. Le lendemain, Anne-Marie cherchait du travail, l'hôpital n'avait malheureusement besoin de personne. Dès la semaine suivante, tous l'avaient oubliée.

VII

Marc et julien viennent d'arriver. Le bolide est resté à la concession pour parfaire des réglages que nécessite, bien entendu, toute mécanique faisant appel aux techniques de pointe. Marc commence à regretter tant soit peu sa vieille berline spartiate dont le troisième âge se satisfaisait d'un minimum d'attention. Avec ces jeunesses, rien n'est plus à craindre que les crises d'adolescence. De plus, aujourd'hui, Julien n'a pas paru faire de cas du véhicule. Le principal étant d'être transporté sur le port. À peine arrivé, il est déjà en position du pêcheur debout, concentré face à l'eau insondable et frétillante de ses futures prises. Pourtant, c'est lui qui le premier remarque la petite silhouette au casque d'or.
Marie-Do trottine tout au bout du parking, frêle découpe en contre-jour, irisée des rayons du soleil qui l'auréole, image irréelle d'une présence attendue. Julien se pique avec l'hameçon en décrochant sa première prise. Marc met plus longtemps à faire le rapprochement avec les lacs bleu-turquoise qui hantent ses dernières nuits. Pas étonnant, ceux-ci se cachent derrière deux gros disques

sombres qui masquent pratiquement tout le visage qui les porte.

— T'en a pris beaucoup aujourd'hui ?

Marie-Do est arrivée tout près de Julien, elle a reconnu le petit garçon rencontré par hasard il y a quelques jours. En gros pull à col roulé et jean troué, à peu près de la même taille que lui, seuls ses cheveux, un peu moins crêpés mais aussi blonds, la distingue de Julien. Celui-ci hausse les épaules. Qu'est-ce que les filles peuvent bien connaître à la pêche ? Mais il a aussitôt conscience de la choquer et, pour se rattraper, il se retourne et esquisse un grand sourire dans sa direction.

— T'es en vacances ?

— Ouais, et toi, t'es d'ici ?… Non ?… Ah bon… nous on est tout près de la ville…

Silence de Julien.

— …sur la falaise, c'est chouette comme vue, mais… le temps ici, c'est pas cool !

Enfin, le garçon avale un peu de salive…

— Pour la pêche, si

Julien, un peu rouge, désigne son sac dans lequel il met ses poissons. Mais comme il vient de s'installer, c'est un peu maigre. Deux rougets de roches, y compris le dernier que Marie-Do lui a vu prendre. Il explique :

— Si tu restes un peu, tu verras, sur le soir, ça mord un peu plus.

La gamine fait la moue, la pêche ce n'est pas son truc. Elle ne se voit pas, debout devant un bout de fil, attendre la venue d'un hypothétique goujon. Elle le dit à Julien, qui, fort de ses connaissances, lui rappelle que les gou-

jons sont des poissons de rivière. Vexée, elle s'éloigne, abandonnant le pauvre pêcheur à sa pauvre destinée. Pour un peu, Julien plierait bien ses gaules.
Marc et Anne-Marie, à présent côte à côte ont suivi le manège des deux enfants. Ils se retiennent de rire à la vue de la déconvenue du garçon. Marc, prudent, évite de généraliser sur l'attitude habituelle des femmes. C'est Anne-Marie qui prend le relais :
— Pour un garçon manqué, elle ne se débrouille quand même pas mal dans le genre chipie.
Marc n'a pas pris son matériel. Il est un peu comme la fillette, faire le pied de grue sur le port n'est pas non plus son truc. Bien sûr, pour rien au monde, il n'abandonnerait Julien. Quoi que !
Aucun banc, aucune caisse ou rouleau de cordage où se poser. Ils font ensemble les cent pas sur dix mètres afin de ne pas perdre les enfants des yeux. Marc connaît bien le coin de falaise où se trouve le gîte. Anne-Marie vient pour la première fois à Concarneau et ne connaît pas Plouleven. Oui, elle est seule avec sa fille. Elle passe à la trappe l'escapade du compagnon tiers-mondiste. Ne pas compliquer les choses. Moins on en dit, plus on en fait. Qu'est-ce qui lui prend, elle repousse de vagues idées qui l'assaillent. Avec son chandail blanc à col roulé, sur lequel elle a jeté une veste de tweed bleu, et son jean écru, elle se sent curieusement bien dans sa peau. Ce n'est pourtant pas la première fois qu'elle porte cette tenue. Le temps intervient beaucoup dans son humeur, elle le sait, elle lève les yeux vers le ciel chargé de gros nuages gris foncé qui s'assemblent peu à peu depuis une

demi heure. Le temps n'a rien à voir à l'affaire. Elle retire ses lunettes teintées. Marc reçoit de plein fouet la vague de l'océan bleu-turquoise.

La gamine est revenue près du bord, elle jette dans l'eau des petits cailloux qui font de si jolis ronds. Le plus drôle est que Julien ne pense même pas à grincer des dents. Une poignée de minutes après, ils sont tous rassemblés devant un chocolat chaud. À cette heure, Marc préfère la bière, mais aujourd'hui, il ne fait pas la différence.

VIII

Mamy Simone ne décolère pas. La veille au soir, elle a attendu le retour « des enfants » pour dîner. Jusqu'à dix heures. Elle s'est mise au lit sans manger. Ce matin, à son réveil, le ciel du lit était à l'orage. En réalité, elle a bien perçu, malgré toutes leurs précautions, le retour des deux ingrats un peu avant la demi de onze heures. Elle s'est juste relevée pour fermer sa porte qu'elle avait laissée entrouverte pour guetter leur arrivée. D'une certaine façon, elle était rassurée car elle avait imaginé les pires scénarios pour expliquer leur retard. Sans aucune nouvelle, elle les voyait déjà flottants dans l'eau du port ou carbonisés dans les débris du coupé après que celui-ci ait dévalé au bas de la falaise. Le fait qu'il n'y ait pas de falaise sur la route de Concarneau à Plouleven ne changeant rien à l'affaire. Elle était donc restée stoïquement dans son lit, bien décidée à leur faire payer, dès le lendemain, le prix de toutes ses angoisses de la soirée.
Marc et Julien chantaient à tue-tête, dans le petit habitacle du coupé, sur le chemin du retour. La soirée avait été plus qu'agréable. Revigoré par leur chocolat chaud, pris

dans un troquet sur les quais du port, Marc avait proposé de profiter d'une éclaircie pour faire un petit tour en voiture sur la falaise et respirer le bon air du large. Comme, en même temps, ils se trouveraient sur la route du gîte d'Anne-Marie et Marie-Do, ils pourraient les déposer au retour. La fillette avait battu des mains. Avec sa mère, elle était venue par le train et en avait assez d'admirer le paysage au travers des petites vitres du car qui faisait la liaison de La Forêt-Fouesnant à Concarneau en passant par Beg-Menez. Cette antique guimbarde avait l'avantage de passer deux fois par jour au carrefour en bout de leur rue, et l'inconvénient de le faire selon des horaires plus que fantaisistes.

Marie-Do était montée à l'avant du coupé car les voyages à l'arrière lui donnaient des nausées. Anne-Marie s'était installée sur la mini-banquette arrière à côté de Julien. Pendant tout le trajet, la fillette n'arrêta pas de babiller, tournée vers le garçon. Julien s'accrochait au siège de son père pour mieux se rapprocher et entendre les nombreuses questions qu'elle lui posait à tout propos. À l'arrivée, elle n'en connaissait pas plus sur la région traversée, pour la bonne raison qu'elle n'y avait jeté que de vagues coups d'œil, et que d'autre part, Julien ne la connaissant pas, il lui aurait été bien difficile de commenter le paysage. Par contre, elle savait tout sur ses plats préférés, ses jeux, ses moyennes en classe ou la couleur de ses chaussettes et bien d'autres choses encore.

Marc conduisait avec prudence, pour prouver qu'il était un garçon raisonnable et pondéré, mais aussi surtout

pour faire durer la promenade. Il portait constamment son regard sur le rétroviseur intérieur, malgré la faible circulation sur la petite route départementale. Bien réglé, cet accessoire, indispensable à la sécurité de la conduite, avait également l'avantage de lui renvoyer l'image d'une Anne-Marie toujours plus séduisante au fil des kilomètres. Le jour commençait à perdre le peu des couleurs que l'éclaircie lui avait données quand le coupé s'arrêta devant le gîte. Marie-Do invita Julien à visiter leur petit nid. Ils entrèrent tous les quatre.
Une omelette salade compléta la soirée, arrosée d'eau minérale, gazeuse ou plate, au choix.
— Je n'avais pas prévu, on ne reçoit jamais personne ici voyez-vous…
La maîtresse de maison s'excusait. Marc oscillait entre le regret d'un bon verre de blanc et le plaisir de savoir qu'ils étaient les seuls à bénéficier de l'hospitalité de leurs nouvelles amies.
C'est en mettant la clef dans la serrure de la villa *Les Menhirs* qu'il réalise qu'il n'a même pas prévenu sa mère de leur escapade. Il rentre la tête dans les épaules en attendant que le ciel lui tombe dessus. Julien monte directement se coucher. Lui aussi regarde le ciel, mais il n'y voit pas les mêmes choses.

Julien descend doucement l'escalier et se faufile dans la cuisine. À sa grande surprise, Mamy l'a précédé. Encore mal réveillée d'un sommeil agité suite à sa soirée d'inquiétude, elle l'a entendu se lever, aller aux toilettes et fureter dans sa chambre. En robe de chambre, elle a gagné la cuisine. Quand Julien arrive, les tartines grillées sont prêtes et le lait chauffe sur la plaque électrique. Julien ne se pose pas de question concernant l'absence des céréales complètes quotidiennes, il embrasse distraitement sa grand-mère. Quand il s'assoit, le bol de chocolat fume déjà devant lui.

Mamy s'était juré de faire payer aux coupables sa détestable soirée de la veille mais en voyant son petit-fils arriver, sa tignasse en bataille, sain et sauf, elle fond. Installée au bout de la table, elle lui beurre tartine sur tartine en empilant généreusement le beurre et la confiture. Elle l'écoute dérouler ses souvenirs de la soirée. Marie-Do a fait, Marie-Do a dit, elle court sur le port, déguste son chocolat et lèche le bord de sa tasse comme lui a toujours eu envie de le faire sans toujours l'oser. Elle parle, parle et parle encore dans la voiture. De tout, de rien, du reste, Julien en a la tête qui tourne. Et le gîte ? Le gîte est cool, tellement chouette, et petit. Si petit qu'on ne se quitte jamais des yeux. Génial. Ils ont passé la soirée tout les deux, rien que tout les deux.

Julien ne finit pas sa douzième tartine, il n'a pas pris conscience de manger les onze premières, mais la dernière ne passe vraiment plus.

Assis sur le haut tabouret, devant la fenêtre de la cuisine, il se voit sur la lande et entame une fabuleuse partie de ballon avec Marie-Do dans les buts. Il shoote de toutes ses forces mais amortit toujours le tir au dernier moment de peur de faire mal à l'adversaire. Marie-Do râle, le ballon n'arrive jamais jusqu'à elle et rebondit à deux mètres devant ses pieds. C'est trop simple. Julien est une chiffe molle au foot, ou il triche. Il ajuste un dernier coup et frappe de toutes ses forces. Le ballon passe largement à droite du but, comme il l'a voulu, et se perd en direction des menhirs. Il n'allait tout de même pas viser Marie-Do. Celle-ci vient jusqu'à lui, lui prend la main. Ils se dirigent ensemble vers les deux bouts de rochers qui émergent de quatre-vingts centimètres du sol au bout du jardin. Ce sont eux qui ont donné le nom à la villa. On fait avec ce que l'on a !

Mamy a assisté à la scène, Julien gesticulant sur son tabouret, donnant de grands coups de pied dans le vide en s'esclaffant. Elle regarde, depuis un bon moment, le ballon de Julien, immobile, à moitié caché par les hautes herbes folles du jardin. Dépassée, la mémé.

Julien a entraîné Marie-Do au pied des menhirs et lui présente ses ancêtres. À présent ils écoutent son grand-oncle leur raconter comment il a débarqué de son drakhar, en quinze-cent quinze, sur les côtes bretonnes, pour chasser un bataillon d'Anglais, retranché dans la maison familiale de Plouleven. Et comment, ensuite, il a poussé, avec toute sa troupe, jusqu'à Rouen, en mille sept cent quatre-vingt neuf, pour sauver Jeanne d'Arc de la guillotine. Marie-Do s'est évaporée dans la fumée des batailles. Julien reste seul debout devant la fenêtre, le regard perdu dans le lointain, en direction d'une certaine falaise, sur la route de Concarneau, avant Beg-Menez.

Mamy s'est de nouveau assise en bout de table, dans la cuisine. Elle revoit « son » Marc, au même âge, rêveur, dolent. Empoté, disait son père, quand il tentait de l'aider à bricoler.

Elle se demande ce qu'elle peut bien préparer pour le déjeuner. Du Poisson ? Avec beaucoup de phosphore … pour les neurones.

IX

— Il est vraiment chou, tu sais, maman.
Marie-Do vient de descendre de sa chambre. Sa mère sourit. Elle connaît bien sa fille. Ce doit être la première fois qu'un garçon l'écoute aussi longtemps sans l'interrompre. Du jamais vu ! Son sport favori étant d'empêcher les autres de parler. Au foot, elle n'a pas sa pareille pour piquer le ballon en balançant discrètement un coup de pied vicelard dans la godasse de l'adversaire. Dans la conversation, c'est la même chose. Un mot jeté au hasard, une question tordue, et l'interlocuteur, surpris, perd le fil de son idée et n'a pas le temps de reprendre ses esprits. Marie-Do récupère.
Aujourd'hui elle est à son affaire. Un spectateur pour elle toute seule. Et qui gobe, qui gobe, la moindre de ses paroles. Il n'a pas pipé quand elle lui a décrit sa chambre, au domicile de ses parents, l'absent du tiers-monde passant de nouveau à la trappe. Les soixante-dix mètres carrés l'ont impressionné, autant que le lit au baldaquin de soie soutenu par un arceau doré aux volutes délicates. Les cinq coffres à jouets lui ont paru très normaux dans

un tel environnement. Il lui a seulement demandé si elle rangeait ses poupées sur son lit ou sur une étagère. Elle est restée une longue minute sans voix. Le piège. Elle n'a aucune poupée dans sa chambre. Quelle idée, les poupées, c'est bon pour les filles. Elle en est une, d'accord, mais ce n'est pas pour ça que les garçons doivent lui en remontrer.

Les deux coudes posés sur la table de la cuisine, la tête dans ses mains, elle revoit le petit pêcheur. Il l'énerve un peu. Elle n'a pas loin d'un an de plus que lui, et il la dépasse de presque une demi-tête. Et puis, il a les mêmes cheveux qu'elle. Enfin, en un peu moins beaux, plus crépus. Les siens sont joliment ondulés, pas pareil ! elle a plongé son regard dans les yeux de Julien à plusieurs reprises. D'habitude, quand elle les fixe ainsi, les garçons commencent à regarder leurs chaussures. Julien, lui, a ouvert encore plus grand ses yeux, il a souri, et c'est elle qui s'est noyée.

Elle termine sa tranche de brioche. Pas fameuse la brioche sous plastique du supermarché. Bof, il y a plus important aujourd'hui. Elle s'interroge, les panthères peuvent-elles aussi ronronner avec les chatons ? La question posée ne s'impose pas. Ce qui la fait enrager, c'est qu'hier, sur la falaise, elle a eu envie de lui prendre la main. Elle vient de s'apercevoir que ce qu'elle regrette le plus, c'est de ne pas avoir osé. Et, bien sûr, c'est la faute à Julien.

— Tu devrais monter faire ta toilette et t'habiller, ma chérie. N'oublie pas que nous avons rendez-vous à midi sur le port avec Marc et Julien.

Sa mère vient de l'interpeller depuis la salle de bains.
Tien, elle l'appelle Marc se dit Marie-Do, elle le connaît ?
Plus tard, devant le petit miroir de sa chambre, elle tente de maîtriser ses mèches rebelles, change le vieux pull à col roulé si confortable pour un léger sweet rose. Elle se demande pourquoi elle ne l'a jamais mis celui-là, depuis que sa Tatie le lui a offert. Elle se décide à passer son jean blanc aux si belles déchirures. Elle vient de s'apercevoir qu'elle n'a pas une seule jupe dans sa garde-robe.
Sa mère l'attend en bas. Le sweet paraît un peu juste en fonction du temps, même si le soleil commence à percer entre deux nuages. Marie-Do renâcle à enfiler son blouson, il ne fait pas très fille !
Sa mère lui sourit, mais elle ne lui avouera pas les trois quarts d'heure qu'elle a passés rien que pour choisir ses chaussures.

Jamais le temps ne fut aussi beau que ce matin-là. Marc descend de sa chambre, tout guilleret. Arrivé à moitié de l'escalier, il s'arrête, brusquement inquiet. Le souvenir de la soirée de la veille, qui le rendait si joyeux, vire au gris sombre lorsqu'il se rappelle n'avoir pas prévenu sa mère qu'ils dînaient à l'extérieur. La bouche sèche, il entre dans la cuisine. Julien rêvasse devant la fenêtre. Sa mère termine le lavage des bols dans l'antique évier. Les placards contiennent deux bonnes douzaines de bols, de quoi tenir une semaine avant de remplir le lave-vaisselle, mais rien ne vaut un bon lavage manuel quotidien. De toute façon, la machine tournera ce soir, chargée ras la porte, de la multitude d'ustensiles de cuisine, nécessaires à toute bonne cuisinière, pour assurer le repas d'une aussi nombreuse famille. Mamy Simone pose délicatement les bols sur la paillasse de l'évier. Marc s'avance, timidement. Un éclat d'émail zèbre son champ de vision avant de tinter sur le carrelage. Un bol de plus qui servira pour le chat. Quelques gouttes de sueur perlent sur son front, il se racle la gorge, histoire de signaler sa présence. Mamy se retourne. Elle lui sourit.

Marc s'est assis à la table après s'être servi une tasse de café sous l'œil indifférent de sa mère. Elle lui à donné un baiser rapide sur le front quand il s'est approché d'elle. À présent, tournée vers la fenêtre, elle observe Julien qui fixe toujours ses menhirs. Elle sourit encore. Pas de doute, la vapeur est inversée, les premiers sont les derniers, Julien prend la tête dans l'échelle des valeurs sentimentales de sa grand-mère. Marc se sent tout drôle. Il y a encore peu de temps, il rêvait de s'affranchir d'une sollicitude qu'il trouvait souvent pesante. D'une enfance de fils unique, très tôt orphelin de père, il conservait ce vieil instinct du mâle protecteur dans une famille sans autre homme. Incapable de faire la différence entre l'imposante autorité d'une mère envahissante et son propre désir d'occuper une place exclusive dans leur minuscule univers, il vit aujourd'hui les premiers signes de ce détachement avec un petit pincement au cœur. Il se sent abandonné.

— Tu ne manges pas ?

Sa mère s'inquiète. Il est planté devant sa tasse depuis cinq minutes, les yeux fixes, l'air perdu.
— Tu te sens bien, tu n'es pas malade au moins, qu'as-tu mangé hier soir ? Il faut faire attention à ton foie, tu sais bien que tu es fragile de ce côté. Je parie que tu as pris un apéritif, ça ne te réussit pas. Le vin non plus. Tu n'est pas sérieux. Il va falloir te surveiller. Je vais te faire un bon bouillon pour midi.
Ouf, Marc respire. Il a retrouvé sa place. Il se tourne vers sa mère :
— Julien et moi, nous ne déjeunons pas ici ce midi.

— Cela fait longtemps que je ne me suis pas senti aussi bien.
Marc allonge ses jambes sur le côté de la table. Il les retire brusquement quand le serveur lui fait remarquer, d'un « pardon » peu amène, qu'il encombre l'étroit passage. La crêperie, où ils se sont réfugiés entre deux averses, est minuscule. C'est Julien qui s'est rappelé de cet établissement quand le ciel s'est assombri. C'est celui où ils avaient déjeuné, son père et lui, avant de prendre livraison du coupé chez le concessionnaire. Le temps du repas et le vent du large a balayé les nuages. Ils sortent tous, la journée s'annonce magnifique.

Allongée sur le dos, Anne-Marie ne dort pas. Les images de ces derniers jours défilent dans sa tête. Marc et Julien viennent de partir, il y a à peine un quart d'heure, après le léger repas qu'elle a préparé avec l'aide de Marie-Do.

Elle se souvient avoir ressenti un léger choc à la vue des quatre couverts dressés par Marie-Do sur la table ronde du séjour. Tout au long du repas, la même impression l'a poursuivie. Les enfants, côte à côte, mangent, parlent et se chamaillent. L'atmosphère est détendue, les péripéties de la journée sont évoquées.

— Qu'est-ce que tu étais drôle, le nez dans la bouillasse !

Marie-Do éclate de rire en pointant son index en direction de Julien. Il a glissé sur l'herbe humide et s'est étalé de tout son long dans un parc de la ville, en enjambant un coin d'espace vert. Il se renfrogne, vexé.

— Tu m'a fait peur !

Marie-Do s'est rattrapée. Julien en profite pour jouer les éclopés, il geint en se frottant le genou. Elle se lève et va lui faire un bisou. Les deux adultes les regardent et sourient. Anne-Marie pense que la veille, elle s'est tordu la cheville. Elle n'a rien reçu en réconfort, elle ne s'est peut-être pas assez plainte ? Marc la regarde, mélancolique, il n'a pas osé.

La jeune femme se retourne dans son lit, la bizarre impression de la soirée est toujours là, l'impression d'être en famille. Après le repas, Marie-Do a entraîné son copain dans sa chambre pour une partie de dominos. Elle explique à Julien que quand on voyage en train, avec chacune une valise, on ne peut pas forcément emporter le château-fort à monter au sol sur deux mètres carrés et ses trois cartons d'accessoires. Dans la chambre, ils entament une bataille de polochons. Ni l'un, ni l'autre des

parents ne les entend. Ils sont restés seuls, devant la cheminée où finit de se consumer la bûche allumée avant le repas, pour l'ambiance. La dernière plaisanterie de Marc a fait éclater de rire Anne-Marie. La question tombe, imprévisible :
— Vous vivez-seule avec Marie-Do ?
Marc a envie de se glisser sous la table, il a parlé sans réfléchir.
Anne-Marie cherche ses mots. Comment lui répondre, lui faire comprendre ? Rien n'est plus inconfortable qu'un passé quand il continue à se conjuguer au présent. Son histoire avec Jean-François n'a pas pris fin. Après tout, rien n'est rompu. Il est parti pour l'Afrique. Il est en mission humanitaire. On ne trahit pas les héros ! le problème vient de la petite infirmière stagiaire qui l'accompagne. Preuve que le dévouement est contagieux. Au début, elle a reçu des nouvelles régulièrement, pas fréquentes mais régulières. Dernièrement, dans sa réponse, elle lui a demandé des nouvelles de sa collègue, l'infirmière stagiaire. La lettre est partie depuis six semaines, elle attend la réponse. À son départ en vacances, elle n'a pas fait suivre son courrier. Pourtant, hier, elle a téléphoné à la gardienne de son immeuble, pour voir. Il n'y a pas de lettre en provenance d'Afrique. Mais tout ça ne regarde qu'elle.
— Nous nous arrangeons très bien. Marie-Do est une enfant si affectueuse.
Continue ma fille, il va en conclure que tu n'as vraiment besoin de personne. Ou alors que tu te moques de lui. Non quand même pas ça ! Elle poursuit :

— Bien sûr ce n'est pas facile tous les jours.
— Je sais, je suis divorcé depuis plus de trois ans.
Pour lui, c'est sorti tout seul, de l'histoire ancienne, digérée. Mais qu'en sait-il, vivre seul ? oui, ça il le sait. Et encore, avec sa mère pas si loin ! Mais avec un enfant ?
Il ajoute :
— Enfin, pour moi, c'est différent. Je ne prends Julien qu'une fois par mois.
Comme si c'était son choix, à lui, de le voir si peu souvent ! Que va-t-elle penser. Qu'il est un père indifférent ? Ou bien qu'il n'a pas été autorisé à plus. C'est vrai, c'est ce qu'il avait réclamé, pensant que c'était un minimum auquel il avait droit. C'est ce qu'il a obtenu. Aujourd'hui, il le regrette, il aurait dû demander à avoir Julien un week-end sur deux.
— Mais je lui consacre tout mon mois de vacances.
Même si ce n'est que la première fois. Lui aussi se rattrape. Il ne va pas en plus lui parler des soirées de baby-sitting.
Une bûche crépite et roule, en dehors des chenets, sur le sol de la cheminée. Lui se lève pour la remettre en place. Elle lui tend le tisonnier. Ils sont face à face, leurs mains jointes sur la tige de métal. La cheminée perd sa nature de principale source de chaleur dans la pièce. Leurs lèvres se frôlent. Étonnés, ils s'éloignent l'un de l'autre, sans se quitter des yeux.
Marie-Do s'est arrêtée au bas de l'escalier, elle masque la scène à Julien qui la suit.

X

Cela fait des jours que ça dure. Des jours que Simone se retrouve seule, le midi comme le soir, devant son assiette au moment des repas. Ce qui la travaille le plus, c'est la maigreur des comptes-rendus de la veille qu'elle arrive avec peine à obtenir le matin, au petit déjeuner. Depuis que Julien et son père partent régulièrement vers neuf heures, elle s'est astreinte à se pointer la première dans la cuisine. Aujourd'hui, sa décision est ferme et irrévocable. Ça ne peut pas durer. Elle ne va pas continuer à gâcher ses vacances, seule et abandonnée. Elle n'est venue que pour eux, après tout ! Elle repart ce soir pour Paris et rien ne la retiendra. Qu'ils se débrouillent tout seuls maintenant et ils verront bien.
— Je leur dirai combien ils me regretteront, plus personne à la maison pour les accueillir, pour mijoter les bons petits repas, et tout, et tout.
Elle s'interrompt de soliloquer. De toute façon, ils ne sont plus jamais là pour faire honneur aux bons petits plats qu'elle n'a d'ailleurs jamais confectionnés depuis son arrivée aux *Menhirs*. Mis à part les petits déjeuners,

qu'ils savent très bien se faire eux-mêmes, à quoi sert-elle ? Que vont-ils regretter ? Des ingrats. Son Marc se laisse complètement mener par le bout du nez par cette Anne-Marie, paraît-il rencontrée par hasard en ville et dont il ne parle que lorsqu'elle le questionne. Rencontre fortuite ? Mon œil se dit la mère ulcérée. Tout était combiné d'avance, le gîte tout près, et tout le reste... De plus, il entraîne son fils avec lui, quel exemple ! Sous prétexte de lui faire une petite copine. Et quelle copine ! Qui collectionne les maquettes d'avions de combat plutôt que les poupées Barbie. Julien doit avoir horreur de ça, lui qui est si sensible, si délicat.

Ce matin, elle va parler à Marc, lui montrer combien son attitude est cruelle pour son cœur de mère. Tout ça pour une banale rencontre de vacances forcément sans lendemain. Il faudra bien qu'il reconnaisse la légèreté de sa conduite. Qu'il fasse amende honorable devant son fils. Et surtout, car c'est évidemment de lui et de son équilibre dont il s'agit, qu'il lui promette formellement de ne s'occuper que de lui à l'avenir. Ou du moins, jusqu'à la fin du séjour, avec sa Mamy qui ne l'abandonnera pas. Julien doit passer avant tout. C'est l'arme imparable, se dit-elle, et pourtant elle n'en a pas conscience. Il reste deux semaines de vacances. Elle établira elle-même l'itinéraire du bolide rutilant, et les horaires de promenade, de seize à dix-huit heures, après la sieste. Elle est prête, elle entend les pas lourds de son fils dans l'escalier.

Marc est maussade, il n'a pas vu sa mère depuis deux jours. À présent, les matins, elle s'arrange pour ne pas

être levée avant leur départ. Hier, il est allé frapper à la porte de sa chambre. Il n'a obtenu qu'un grognement. Il la connaît trop bien pour nourrir l'illusion que l'orage peut être évité. Étonné de la voir déjà là, il l'embrasse et sans plus de commentaire, s'en va se servir un bol de café. Tien, le café est fait ! Il se retourne juste au moment où Julien déboule, descendant les marches deux à deux. Un dernier bond le conduit directement dans les bras de sa Mamy. Il l'embrasse avec fougue. Ce matin, comme depuis trois jours, il est heureux, et pour lui, le bonheur, ça se partage. Il ouvre grand ses yeux, qu'il sait si bien rendre tout ronds et esquisse son demi-sourire de charme, celui qui contribue à la fonte de la banquise. Après avoir frétillé des épaules pour déployer ses petites ailes et lustré son auréole, il refait un bisou à sa Mamy. Il s'assoit à table et attend qu'elle le serve. Devant tant de sollicitude, elle ne peut faire autrement que de lui demander si tout va bien
— Tu as bien dormi ? … vous êtes encore rentrés tard hier soir, …il n'a pas son comptant de sommeil ce gosse …où avez-vous été traîner ?
Le début de question personnalisée a tout de suite dérivé en une interrogation plus générale, voire accusatrice. Julien n'en a cure, il interrompt sa grand-mère et commence le récit de sa journée. Tout y passe, les ballades, les paysages, la lande et la falaise, tout ça, avec Marie-Do. Marie-Do, la super-copine, Marie-Do, l'inégalable. Celle qui joue au ballon aussi bien que lui, enfin presque. Celle qui bouge, qui court, qui vit, comme tous les garçons de son âge, comme lui. Il raconte les parties de

lutte qu'ils entreprennent le soir, sur la moquette de sa chambre, avant le repas. Après avoir gagné la première manche, il s'arrange pour perdre les suivantes, enfin… quand il peut.

— Comment ? oui bien sûr, le repas c'est plus sympa au gîte. Ah oui, il y a aussi Anne-Marie, qu'est-ce qu'elle fait bien les pâtes.

Mamy essaie de poursuivre ses investigations, via Julien qui répond volontiers

— Papa ?... ben... y regarde la télé, en buvant son whisky.

Brusquement, il se rappelle l'aversion de sa grand-mère pour l'alcool. Il ajoute, pour se rattraper :

— Avec beaucoup de glaçons !

Marc observe la scène. Il voit sa mère subjuguée par les flots de paroles de Julien. La pauvre n'en a jamais entendu autant de la bouche de son petit-fils. Autant de détails, autant de confidences, autant de sa vie. Elle reste abasourdie. Une seule chose s'impose à son esprit, ces deux-là, au point où ils en sont, si elle veut les garder, il va sacrément falloir mettre de l'eau dans sa tisane du soir. Et ouvrir l'œil.

Elle décide de rester et remplit généreusement le bol de son petit-fils.

Marie-Do est montée se coucher aussitôt après le départ des "invités". Fatigue de la journée, trop couru, trop mangé, trop tout ? Contrairement à son habitude, elle n'aide pas sa mère à mettre de l'ordre dans la salle de séjour. Elle guette celle-ci quand elle monte à l'étage et fait semblant de dormir lorsqu'elle entre dans sa chambre pour l'embrasser. Elle ne l'a pas entendue utiliser son portable. Il n'aurait plus manqué que ça. Qu'est-ce qu'ils ont ces deux-là. Ce n'est pas par ce que Julien est son meilleur copain, qu'ils peuvent tout se permettre. Elle s'aperçoit que cela fait plus de deux mois que sa mère ne lui a pas lu de lettre de son papa. Que lui cache-t-elle ? Demain, ça va chauffer.

Le lendemain, Marc et Julien sont déjà arrivés quand elle les rejoint, encore en pyjama, dans la salle de séjour. Ils mangent tous ensemble l'énorme pile de croissants apportés par les deux hommes, le grand et le petit. Marie-Do ne perd pas le grand des yeux. Sa mère non plus.

Assise à l'avant du coupé, comme à son habitude, Marie-Do rumine. Elle est sûre que sa mère n'a rien dit à Marc au sujet de son père. Ça ne va pas se passer comme ça. C'est à elle de redresser la situation. Elle élabore son plan.

Après le repas, compte tenu du temps incertain, Marc propose une séance de ciné. La salle proche du centre commercial propose "l'Ours". Pas de doute, les enfants seront intéressés. Marie-Do a vu le film trois fois, dont deux à la télé, mais elle adore. Au moment de prendre place dans la rangée de siège, elle laisse passer sa mère, s'engage rapidement derrière elle en tirant Julien. Marc n'a plus qu'à prendre le bout de la file. À la sortie, ils se détendent tous devant un chocolat chaud. Marie-Do se penche vers Julien et murmure à son oreille :

— J'ai adoré le film, pas toi ?

Sans attendre la réponse, elle enchaîne :
— Je l'ai vu trois fois, … avec mon père et ma mère.
Et comme Julien, qui ne s'est pas encore posé de question sur le sujet, ne réagit pas, elle poursuit :
— Il est en Afrique, mon papa.
Elle insiste lourdement sur le « mon papa ». Pourquoi ce benêt à peine plus grand qu'elle, et même plus jeune, la regarde-t-il avec cet air d'incompréhension ? Marie-Do s'interroge. Julien, lui, n'a pas saisi les choses comme Marie-Do le souhaitait. Elle a un papa, bien sûr, il s'en doutait. Tous les enfants ont un papa, et une maman aussi. Il est en Afrique ? ça, il a bien vu aussi qu'il n'était pas avec eux en Bretagne ! Il la plaint, lui aussi a été privé de son papa. Un peu moins maintenant, mais il sait ce que c'est. Il le lui dit, à sa manière.
— C'est loin l'Afrique !
Marie-Do s'énerve. Mais il n'y pige rien ce taré. « J'ai-un-pè-re », comment faut-il que je lui dise que ma maman, elle a un mec ?
Julien continue sur son idée :
— Il vous a quittées depuis longtemps ?
La fillette reste sans voix, elle cherche ses mots. Elle ne veut pas être trop directe.
— Et tu le vois de temps en temps ?
Ç'en est trop. En réponse à cette dernière question du garçon, elle déballe tout en bloc.
Mais non, son papa ne les a pas « quittées » Il est en mission « hu-ma-ni-tai-re » en Afrique. Il soigne les pauvres gens qui n'ont rien. Il se dévoue, il risque sa vie, sa santé, pour faire le bien. C'est un héros, son papa !

— Quand il aura redressé tout ce qui va mal en Afrique, il reviendra. Et alors, nous vivrons heureux tous les trois. Julien est bien content pour elle. C'est génial d'être avec son père et sa mère, tout le temps. Quoique, les petits week-ends en dehors de la maison de Saint-Germain, les vacances entre hommes aux *Menhirs*, ce n'est pas mal non plus ! Il décide quand même que pour Marie-Do, c'est bien d'avoir toute sa famille.
— Avec Maman !
Marie-Do vient d'ajouter l'ultime précision, pas question de laisser un doute planer comme un cerf-volant dans l'esprit bleu-azur de son rêveur de copain. Celui-ci encaisse le coup avec toutefois un train spatial de retard. C'est peut-être une nouvelle qui intéressera son père. Il faudra qu'il pense à lui en parler demain au petit déjeuner.
Ce soir-là, ils se retrouvent à nouveau tous les quatre pour un dîner léger au gîte. Anne-Marie se met décidément en quatre, elle aussi, pour satisfaire ses invités. Marie-Do enrage et se dit que personne ne se rend compte que le seul invité qui puisse avoir sa place ici, c'est Julien. Pour elle. Son papa est loin et c'est à elle qu'incombe la charge de défendre son territoire en son absence. Sa maman ne sait donc pas que l'on ne trahit pas un héros ! Elle lui en veut.
Après le repas, elle entraîne Julien dans sa chambre, pour la traditionnelle partie de dominos, et avant d'entamer la non moins traditionnelle bataille de polochons, elle redescend, seule, sous le prétexte de boire un verre d'eau. Elle s'arrête au milieu de l'escalier. De là, elle a

vue sur le séjour, et le canapé, de trois-quart. Marc tient la main d'Anne-Marie. leurs visages se touchent presque et leurs regards, eux, se mêlent. Marie-Do en est sûre, ils viennent de s'embrasser. Elle remonte dans sa chambre.

XI

Le lendemain, Marie-Do et Julien sont sur le port, assis, côte à côte sur des vieux sièges pliants que Mamy Simone a retrouvés dans le grenier des *Menhirs*. La fillette s'est découvert une passion subite pour la pêche, à la grande satisfaction de son petit compagnon. Elle a réquisitionné, sans complexe, la canne à lancer de Marc. De toute façon, celui-ci n'avait aucune intention de l'utiliser aujourd'hui. Pas plus que la veille ou les jours suivants d'ailleurs, Anne-Marie n'ayant aucune attirance pour ce genre de sport. Toute la journée, Marie-Do a guetté le moment propice pour entamer la seconde partie de son plan. Pour cela, elle devait être seule et tranquille pendant un bon moment, avec Julien. On ne parle pas de choses sérieuses à la va-vite.
Le ciel était particulièrement beau ce jour-là, le soleil brillait sans nuage, et la température inclinait nettement au farniente. Le petit déjeuner, pris comme chaque jour à l'arrivée au gîte de Marc et Julien, s'était prolongé plus que ne l'aurait souhaité la fillette. Les grands n'arrêtaient pas de monopoliser la conversation, coupée d'ex-

clamations de plaisir lorsqu'ils se découvraient avoir autant de goûts en commun. Deux heures après le début des agapes matinales, ils n'en avaient pas épuisé la liste. Marie-Do, écœurée, entraîna Julien dans le jardin. Cinq minutes plus tard, les adultes, désirant reprendre leur souffle, décidaient de partir pour Concarneau. Ou pour ailleurs, à voir en route. Eux, ils s'en fichaient pas mal d'être à Concarneau, ou au pôle sud, ils étaient seuls au monde.

Marie-Do se désespérait. Dans la ville, parcourue en flânant, elle n'arrêtait pas de penser. Son secret lui pesait trop. Allait-elle tout révéler à Julien ? Non, seulement le nécessaire. Les garçons sont tellement bêtes. Elle n'en finissait pas de penser à son pauvre petit compagnon qui ne s'apercevait de rien. Bien entendu, lui, ça ne le touchait pas vraiment, son papa et sa maman vivaient depuis longtemps séparés. En marchant à ses côtés, elle le regardait de temps en temps. C'était bien le plus gentil garçon qu'elle ait jamais rencontré. En réalité, c'était même la première fois qu'elle avait l'occasion de se faire un petit copain, en dehors de ceux de son école.

Les années précédentes, avec ses parents, elle passait ses vacances dans cet affreux bled du Loir-et-Cher où se trouvait une prétendue maison de famille. C'était la propriété de ses arrières-grands-parents paternels. Et ni sa grand-mère, farouche femme de la ville, ni son grand-père, qui avait pourtant passé là une partie de son enfance, n'y trouvaient plus, depuis de longues années, aucun agrément. Dans une maison immense, avec un parc démesuré, Marie-Do ne gardait de ses séjours annuels,

qu'une impression de solitude et d'ennui. Les plus proches voisins habitaient les deux fermes situées à quelques centaines de mètres à droite et à gauche du portail, mais sa mère n'entretenait de rapport avec aucun d'eux. Son père non plus d'ailleurs. En se disant cela, elle s'aperçut qu'elle ne se rappelait pas l'avoir vu avec elles dans la maison de vacances plus de deux jours d'affilée. Quant à chercher elle même à entrer en relation avec les enfants des voisins, ça ne lui était jamais venu à l'esprit. Son père les traitait de ploucs et elle n'allait tout de même pas avoir des ploucs pour copains. Pour finir, elle était super contente de voir arriver la rentrée des classes.
Si seulement Julien avait pu passer ses vacances dans le Loir-et-Cher ! Pour le moment, il était bien là, c'était son ami. Et quel ami ! D'abord, il faisait tout ce qu'elle voulait. Ce qui pour elle était vraiment le minimum que l'on puisse attendre d'un véritable ami. Ensuite, il savait s'amuser et lui apprenait quantité de jeux. Il disait que c'était son papa qui lui avait appris. Marie-Do se sentait frustrée, son papa ne lui en avait jamais appris, et sa maman ne lui proposait que des jeux de filles. En revenant à Julien, elle gardait le meilleur pour la fin de ses réflexions : il était beau !
Avec un gros soupir, Marie-Do se pencha sur son problème. Ce qu'elle allait faire, elle devait le faire. Mais cela n'allait-t-il pas l'éloigner de Julien ? À cette pensée, la fillette se sentait moins sûre d'elle. Pourtant elle savait que rien ne l'arrêterait. Il fallait trouver un endroit tranquille pour entamer la conversation sérieusement avec

Julien. En désespoir de cause, elle se décida à aimer la pêche !

C'est ainsi qu'ils se retrouvèrent tous les deux, assis sur leur siège pliant, sur le port, au bord du quai. L'un surveillant attentivement sa ligne de pêche, tandis que l'autre ne s'apercevait pas que depuis un bon bout de temps, son bouchon s'était laissé bêtement entraîner par un rouget intrépide qui refusa nettement, par la suite, de le libérer.

Cette autre, Marie-Do en l'occurrence, qui a depuis longtemps cogité son discours, passe à l'attaque :

— T'a rien remarqué, toi ?

Julien sursaute : remarqué quoi ? il soulève les sourcils et balance la tête négativement.

— T'es vraiment nul !

Le garçon la regarde avec ses grands yeux étonnés. Il a bien entendu, il est nul. Mais entre gamins, ce n'est pas une insulte. Surtout pas de la part de son amie. Si elle le dit ! Il décide qu'il est nul.

— Je sais. Mais pourquoi tu dis ça ?

Marie–Do hésite. Ce benêt est encore un bébé. A-t-elle le droit de blesser son innocence en le plongeant dans la triste réalité des adultes ? Seulement voilà, elle le doit. Il y a bien aussi cette envie qui la travaille de révéler son secret. Pas question de flancher, il faut toucher Marc, qu'il se rende compte de la vérité, et pour cela Julien est le seul intermédiaire possible. Elle fonce.

— Mon pauvre Julien, tu ne t'es pas rendu compte de ce qui se passe entre ma mère et ton père.

Julien ferre son poisson d'un geste sûr. Il rembobine lentement son moulinet et ramène une minuscule bestiole frétillante jusqu'à ses pieds. Sous réserve d'en sortir six à la minute pendant trois heures de pêche, ça ferait une bonne friture pour deux. Il décroche sa maigre prise avec précaution et la rejette dans l'eau du port avec une petite grimace de dépit. Il se retourne tranquillement vers Marie-Do :
— Tu disais ?
La fillette manque de s'étrangler en répétant sa question, elle ajoute :
— T'en penses quoi ?
Le pêcheur en est encore à sa déception, il renvoie sa ligne et attend que le bouchon soit stabilisé avant de répondre.
— Elle est jolie ta maman.
Il prend son temps et poursuit :
— Elle s'entend bien avec papa. Hier soir, en rentrant à la maison, il m'a dit qu'il l'aimait bien.
Son amie explose, ç'en est trop.
— Mais tu ne comprends rien. Ma maman, elle n'est pas libre. Il y a mon papa. Il est loin en ce moment, mais il va revenir très vite et nous vivrons heureux tous les trois. Ton papa, il n'a pas le droit d'aimer ma maman !
Le ton est catégorique. La petite défend son ménage bec et ongles et fixe le garçon d'un regard noir. Au travers, elle voit Marc.
Julien, complètement désarçonné, ne sait que faire. Il articule péniblement :
— Et moi ?

Abattue par tant d'inconscience et d'égoïsme, Marie-Do se tasse sur son siège et fixe l'eau en fronçant les sourcils. Quand elle retrouve son calme, elle attaque de nouveau. Droit au but.
— Je les ai vus s'embrasser !
Julien trouve ça plutôt sympa. Il aime bien le bisou qu'il fait à son amie et à Anne-Marie quand ils se retrouvent chaque matin. Son papa, lui, il embrasse Marie-Do et serre la main de sa mère. Pourquoi pas un bisou ? Il n'y a rien de mal. Il répond, laconique :
— Et alors ?
— Et alors, et alors, tu ne comprends toujours rien, mais t'est vraiment bouché. C'était pas un bisou. Ils s'embrassaient comme des grands, des amoureux.
Et comme Julien est resté bouche bée, elle ajoute, pour faire bon poids :
— Sur la bouche !
— C'est pas grave.
La réponse arrive quand même sur un ton un peu interrogateur. La fillette se doit d'évoquer les conséquences. Elle prend son souffle. Elle doit révéler le secret à son ami pour qu'il prenne conscience de l'étendue du problème.
— Mais si, c'est grave. Tu sait pas ce qu'il arrive quand des grands s'embrassent sur la bouche ?
Julien ne voit pas.
— Ils ont des enfants !!!
Elle s'écroule sur le siège qui manque d'en faire autant. Le garçon la rattrape de justesse. Elle a les yeux plein de larmes. Lui, mesure l'importance du désastre à l'aune du

chagrin de son amie. Il passe son bras autour de ses épaules pour la consoler. Il hésite à lui faire un bisou, de peur de ne pas avoir tout compris. Après tout, ce n'est pas le premier, il l'embrasse tendrement sur la joue. L'ange, qui passait par hasard dans le secteur, est tout étonné de se retrouver au cœur d'une histoire qui lui paraît, somme toute, très banale. Néanmoins il accepte de planer un moment sur ces deux enfants attendrissants. Deux minutes après, Marie-Do le chasse d'un revers de la main et reprend l'offensive.

— Il faut que tu dises à ton père de laisser ma mère tranquille.

Julien avale sa salive. Il se voit mal aborder le sujet à table, au petit déjeuner. Surtout qu'aux *Menhirs*, il y a Mamy Simone. Il imagine le désordre.

— Tu veux que je lui dise quoi ?

— Ben… t'a qu'à lui dire que mon père, il va venir nous chercher à la fin des vacances. Il comprendra !

Le pêcheur laisse filer son bouchon et le fil se dévide tranquillement jusqu'au bout de la bobine. Après, tout bonnement, il casse. La prise devait être bonne. Julien n'en a cure, pas plus que de ce qu'il est sensé devoir dire à son père. Une seule chose s'impose à son esprit : Marie-Do va partir à la fin des vacances.

Il est tard et le soleil, au ras de l'eau, diffuse une drôle de lumière. Les adultes se sont approchés. Marc évalue l'importance de la pêche et Anne-Marie constate que ce n'est pas encore ce soir que le gîte empestera le poisson. Elle prévient tout de suite, la pâte repose depuis ce matin pour un bon repas de crêpes. Devant l'apathie des deux enfants, elle en conclut qu'ils sont bien fatigués de leur journée et qu'il est temps de rentrer.

Après le dîner et le départ de Julien et Marc, le téléphone portable sonne. Fait rarissime. Anne-Marie décroche, c'est Jean-François, elle tombe des nues. Elle est sans nouvelles de lui depuis deux mois, à vrai dire, elle l'a un peu oublié, celui-là. Il lui demande des nouvelles de ses vacances. Devant ses réponses laconiques, il insiste :
— Tout va bien alors.
— Mais oui, tout va bien. Je te remercie de t'intéresser un peu à nous. Depuis le temps !
Il bafouille une réponse qu'Anne-Marie fait semblant de ne pas entendre. Près d'elle, Marie-Do s'impatiente.
— Passe-le-moi, passe-le-moi …
Sa mère conclut la conversation rapidement et tend l'appareil à sa fille.
— Pas trop longtemps, ça coûte cher depuis l'Afrique.
La fillette prend le téléphone et va se réfugier dans les toilettes.
— Salut papa, tu vas bien ?
— Bonjour, ma poulette, alors, que se passe-t-il ?
Jean-François questionne sa fille, celle-ci a laissé un message à son intention à l'hôpital de la ville en lui demandant de rappeler le plus vite possible.
Marie-Do baisse la voix, il faut faire vite.
— Tu sais, papa, il faut que tu rentres très vite. Maman, ça fait deux fois qu'elle essaie de faire un bébé avec Marc. Je les ai vus !

Sans plus attendre, elle raccroche, puis pousse le petit bouton en haut du boîtier pour arrêter le téléphone, comme elle l'a vu faire à sa mère quand celle-ci ne veut plus être dérangée.

Julien déjeune seul. Devant son bol de chocolat, il médite sur les événements de la matinée. À peine levé, il s'est précipité à la cuisine, tout surpris d'être le premier arrivé. En effet, depuis que sa Mamy a paru se résigner à passer ses journées toute seule, elle se lève avant eux. Pour au moins profiter un peu de ses enfants, comme elle dit. Il entend encore sa litanie du matin :

— Si je ne vous voyais pas au petit matin, à des heures qu'il est pas possible d'obliger à se lever une vieille dame comme moi, je ne saurais plus que vous êtes là.

Et elle ajoute, en baissant la tête pour mieux examiner son petit-fils par-dessus des lunettes, imaginaires, puisqu'elle n'en porte jamais le matin :

— C'est pas Dieu possible de passer toutes ses saintes journées à traîner dehors.

L'enfant en est encore à se demander comment a fait ce Dieu pour les avoirs repérés à passer des *Saintes Journées*, alors qu'ils n'ont visité qu'une seule église. Mais la suite tombe :

— Comme si toute la famille, elle, n'existait pas !

Le ton est catégorique, Julien se sent culpabilisé par ce constat d'abandon. Toute la famille va lui en vouloir. Après avoir fait le tour de la maison, du sous-sol au grenier, force lui a bien été de reconnaître que toute la famille présente se résume à sa seule Mamy Simone. L'af-

faire s'avère donc moins grave. Son père, pour sa part, ne paraît pas y attacher beaucoup d'importance.
Un pas lourd dans l'escalier, la Mamy arrive.
— Tu es déjà levé ?
Julien a bien envie de répondre non. S'il avait su que son père dormait encore, il serait resté au lit lui aussi. En revanche, il ne voit pas la nécessité de confirmer une réponse évidente. Il est bien là, en chair et en os, devant sa mamy. Il lui sourit et l'embrasse.
— Ton père, toujours à paresser !
Le garçon trouve la remarque particulièrement injuste; d'habitude, c'est lui le premier arrivé. Marc surgit sur ces entrefaites. Bisou à tous. Il s'étire :
— Ah ! j'ai bien dormi. Et toi, fiston, en forme ?
Pour l'être, il l'est, le Julien. Même qu'il va en avoir sérieusement besoin. C'est d'ailleurs pour cela qu'il s'est levé si tôt. Il a les yeux qui lui piquent. Il tente de se persuader que c'est parce qu'il n'a pas assez dormi, mais il sait bien que la raison est tout autre. Il a pleuré une partie de la nuit. Il entend encore la voix de la fillette, hier soir, avant leur départ du gîte :
— Jure-moi que tu lui diras tout. Dès demain matin, avant de partir. Jure-le-moi !
Julien a juré. Le moyen de faire autrement ? Il ne sait pas très bien ce qu'en dira son père, mais il est désespéré. Au fond de lui, il le sait, il va perdre Marie-Do.
Il attendra jusqu'au départ, dans la voiture, après avoir passé le portail, pour se décider.
— Papa…

Marc s'est retourné, surpris par le ton angoissé de son fils.

— Papa…j'ai quelque chose à te dire…

Son père le regarde, l'air interrogateur. Le visage du garçon l'inquiète, il paraît bouleversé. Une petite boule se noue dans sa gorge. Il a quoi, ce gamin ?

— Tu sais… c'est Marie-Do…elle m'a dit…

Il ne sait plus où il en est, il précipite le débit, pour que ça soit plus vite fini.

— Dans quelques jours, à la fin des vacances, son papa va venir les chercher, toutes les deux pour retourner chez eux.

Et dans un hoquet :

— À Bordeaux !

Épuisé, il se tait et se recroqueville sur son siège. Son père s'est retourné vers lui, il le regarde drôlement. Il a soulevé son pied de l'accélérateur et il finit par s'arrêter sur le bas-côté.

— C'est Marie-Do qui te l'a dit ?

Julien fait signe que oui.

— J'ai une idée…

Marc a embrayé et il reprend doucement la route.

— Que dirais-tu d'une petite virée entre hommes ? Je t'invite à Quimper. Mon papa à moi, il m'y emmenait souvent… quand-il s'était disputé avec maman. On dégustera une montagne de crêpes au sucre… avec beaucoup de Chantilly !

— Mais Marie-do…

Julien a presque crié, il hésite avant de poursuivre…

— Et Anne-Marie ? elles nous attendent.

Marc se retourne de nouveau vers son fils, il tente un sourire rassurant.

— Bah!, ce n'est pas grave, il faut leur laisser le temps de faire leurs valises

Julien trouve que ses yeux ne brillent plus comme avant. Ça y est, c'est fait. Il s'y attendait. Il a tout perdu aujourd'hui, son père est malheureux et son amie, sa Marie-Do va partir au bout du monde, à Bordeaux. Il éclate en sanglots.

Le soleil entre à flots par la porte-fenêtre du séjour. Le gîte tout entier paraît en fête de ces rayons qui font miroiter les cuivres du jeu de casseroles accroché au mur de la cuisine. Anne-Marie a ouvert toutes les fenêtres et l'air tiède envahit la maison. C'est une journée magnifique. La mère et la fille terminent leur repas. Marie-Do n'a pas levé le nez de son assiette. Elle sent peser sur elle le regard inquiet de sa maman. Pour ne pas trop se faire remarquer, elle s'est forcée à manger, malgré la boule qui lui bloque la gorge.

Depuis la fin de la matinée, elle sait que Julien a tenu parole. Elles ont attendu toutes deux jusqu'à près de midi, mais en vain. Anne-Marie ne sait quoi penser. Marc possède le numéro de son mobile, en cas d'empêchement il devrait avoir téléphoné. Son silence l'inquiète. Celui de sa fille aussi. Elle fait le rapprochement. Sa première idée est qu'une brouille soit intervenue entre les deux enfants. Elle la rejette, cela n'aurait pas empêché Marc de la prévenir. Il y a aussi l'attitude bizarre de sa fille, hier, lors de l'appel imprévisible de Jean-François. Elle lui en a parlé, quand elle est sortie des toilettes. La fillette ne s'est pas troublée, elle avait une envie pressante et il n'était pas question de faire attendre son père qui appelait de si loin. Elle a fait les deux à la fois. Elle lui a dit en riant. L'insouciance de sa fille l'a rassurée sur le moment.

En revanche, ce matin, Marie-Do est soucieuse. Et Anne-Marie se repose des questions. Tout s'emmêle dans son esprit, mais la réalité est là : Marc n'est pas venu les chercher, comme tous les matins depuis bientôt deux semaines, et comme prévu la veille. Ils avaient même ensemble préparé leur programme. Anne-Marie se prend à rêver, quand elle a décidé de ces vacances en Bretagne, loin du lieu familial habituel, c'était pour faire le point sur une situation qui lui échappait. Elle savait parfaitement que Jean-François n'était parti en Côte-d'Ivoire que pour filer le parfait amour avec sa jeune stagiaire. À ce stade, elle admet qu'elle n'est pas tout à fait objective. Le père de Marie-Do est un bon médecin, anesthésiste de surcroît, une spécialité difficile et dans laquelle il est respecté. Il ne serait pas honnête, non plus, de dire qu'il n'a pas agi par dévouement. Bon, et alors ? Il a quand même profité de l'occasion. Comme il l'avait fait, il y a quelques années avec elle. Mais à cette époque, de Châteauroux, elle ne s'était retrouvée qu'à Bordeaux. Elle en avait perdu son poste d'assistante de laboratoire. Bien sûr, il ne l'a pas épousée, mais il a tout de suite reconnu Marie-Do dès sa naissance, un an plus tard. Peu après il lui a trouvé un poste intéressant dans un laboratoire de recherches. Ils vivent ensemble depuis, bien que lui soit fréquemment absent. Le nombre de congrès, symposium, réunions en tout genre, auxquels doivent assister les sommités du corps médical, est impressionnant. Une mission humanitaire, de préférence dans le coin le plus reculé de la terre, le tentait depuis des années. Pour se réaliser, disait-t-il. Pas de doute qu'aujourd'hui il devait être comblé.

Anne-Marie se dit qu'elle est trop jalouse. Elle n'a aucune preuve de la traîtrise de son compagnon, sinon le fait de son silence, relatif depuis son départ, et même complet ces deux derniers mois. Elle repense à son appel d'hier soir. Il y a quelque chose qui ne colle pas. D'abord, c'est la première fois qu'il lui téléphone. Jusqu'à présent, il s'est contenté de quelques lettres hâtivement rédigées. Son travail lui absorbe tout son temps et les communications sont tellement difficiles. Surtout en pleine brousse. Au téléphone, la veille au soir, elle l'a trouvé embarrassé, comme s'il n'avait pas grand-chose à lui dire. Elle a même pensé qu'il s'était trompé de numéro en appelant et s'attendait à une autre personne. Puis, il y a aussi cette insistance de Marie-Do à parler à son père. Anne-Marie se promet d'élucider la question.

Elle redescend sur terre et s'aperçoit que, profitant de son absence, momentanée bien que virtuelle, sa fille a débarrassé la table, fait le peu de vaisselle et est remontée dans sa chambre. Elle se décide à appeler Marc sur son mobile. À la dixième sonnerie, n'obtenant pas de réponse, elle coupe la communication. Après un quart d'heure d'hésitation, Anne-Marie compose le numéro de

la villa des *Menhirs* trouvé sur l'annuaire. On décroche immédiatement. Elle hésite encore pendant que la voix, au bout du fil, s'impatiente :
— Allô, allô…qui est à l'appareil ?
— Pardon Madame, pourrais-je parler à Marc, s'il vous plaît ?

Mamy Simone a tout de suite compris qui appelait son fils.
— Il n'est pas là, c'est de la part de qui ?
Anne-Marie se nomme, elle attendait Marc et Julien ce midi. Elle craint qu'il ne leur soit arrivé quelque chose, à quelle heure sont-ils partis ?
Mamy Simone prend une bonne aspiration.
— Ils sont partis de bonne heure pour Quimper, Marc devait acheter un cadeau pour l'anniversaire de sa femme. Elle arrive aujourd'hui par le rapide qui ne s'arrête pas à Concarneau. Marc et Julien vont la chercher à la gare de Quimper.
Anne-Marie a raccroché après avoir balbutié un vague merci. Mamy Simone se sent très fière de son à-propos. Elle a bien saisi qu'il y avait de l'eau dans le gaz d'alimentation de la chaudière qui entretenait le feu de la soi-disant passion naissante entre son fils et cette… comment déjà ? Anne-Marie. Une petite fuite de plus, ça ne fait pas de mal ! Mais, à la réflexion, elle sera couchée quand Marc rentrera.

XII

Allongée sur son lit, Marie-Do ne dort pas. Depuis que le jour a diffusé une lueur pâle au travers des rideaux, elle pense à la soirée de la veille. Cela fait une bonne demi-heure qu'elle essaie de chasser la brume qui lui brouille la vue dès qu'elle ouvre les yeux, sans se rendre compte que ce brouillard n'est qu'un voile jeté sur sa mémoire pour en chasser des images insupportables. Le souvenir de ces longues heures passées à espérer, derrière les vitres de la porte-fenêtre du séjour, car de là, on voit loin, jusqu'au bout du chemin. Et au bout du chemin, chaque matin, le coupé écarlate pointe son museau de bull-dog. Et après, un tout petit museau rigolard encadré d'une tignasse jaune et crépue se pointe, lui, derrière la vitre arrière du coupé. Elle s'est assise sur son lit en balançant la tête de droite à gauche, lentement, comme elle l'a vu faire aux ours polaires, dans le zoo, cherchant à remettre en place tous les petits bouts d'images qui dansent la sarabande dans son crâne. Mais les morceaux du puzzle ne font qu'une grosse boulette dont le poids lui descends jusque sur l'estomac...

Pourtant, quand elle s'est réveillée, sa première pensée fut pour Julien. Comme tous les matins, dès son arrivé, ils iraient courir ensemble dans la lande, ou bien faire un peu de vélo sur le petit chemin qui mène à la ferme proche du gîte. Elle opta pour le vélo et décida qu'elle prendrait celui de Julien bien plus rapide que le vieux clou de la fille du fermier que celui-ci lui avait prêté le temps des vacances. Trop petit pour elle et mal en point, il était néanmoins bien mieux adapté à la taille du garçon. Elle n'avait eu aucun mal à en persuader Julien qui depuis les premiers jours n'avait ainsi jamais eu l'occasion d'essayer le vélo tout neuf que lui avait offert son père. Même s'il se cognait parfois les genoux dans le guidon, son ami se débrouillait très bien avec le vieil engin. Quant à Marie-Do, elle trouvait le beau vélo rouge parfaitement à sa convenance. Tout cela était la preuve que le matériel était justement réparti. Le fait que ça lui permettait régulièrement d'arriver la première, lors des courses, qu'elle organisait sur le petit chemin, n'était somme toute qu'accessoire. La fillette se remémorait, elle-même déjà arrivée, l'image d'un Julien moulinant, avec un braquet trop petit, pour rattraper les cinquante mètres perdus sur les trois cents de la course.

À ce propos, se dit-elle, il faut que je pense à demander à Marc pour qu'il graisse la chaîne de mon vélo. C'est, bien sûr, devenu son vélo. Dans le même temps, elle prit conscience que ni Marc et aussi évidemment ni Julien, n'étaient venus hier. Et certainement ne viendraient pas aujourd'hui. Le ciel, qui palissait du jour naissant, lui tomba sur la tête, et plus la mince lumière mettait en évidence les objets, plus ses idées devenaient sombres. C'est pourquoi, allongée sur le dos, dans son lit, Marie-Do ne dort plus alors qu'il est à peine sept heures du matin. La fillette ne sait plus tellement où elle en est. Elle a déclenché l'avalanche et à présent la neige la recouvre.

Hier, la soirée s'est mal terminée. Sa mère l'a tarabustée au sujet de l'appel de son père. Anne-Marie voulait absolument comprendre pourquoi Jean-François s'était brusquement intéressé à elles après une semi-indifférence de plusieurs mois. Il ne lui avait pratiquement rien dit, mis à part les questions banales sur sa santé et celle de sa fille. C'est lui qui appelait, et c'est lui qui paraissait surpris. Elle voulait savoir ce qu'il avait dit à sa fille quand celle-ci s'était enfermée dans les toilettes pour prendre la communication. Marie-Do ne lui a rien dit de plus que la veille, pourtant, à quelques jours de la fin des vacances, elle doute de plus en plus que son père arrive à temps pour les emmener à Bordeaux. Elle s'attendait à un appel, de sa part, hier, à la suite de ses révélations. Elle avait coupé le mobile de sa mère le soir-même pour ne pas avoir à s'expliquer à chaud, mais avait pris la précaution de l'allumer dès le lendemain matin, avant que sa mère ne se lève. Le silence de son père l'angoisse un peu, elle ne peut admettre que, devant l'urgence de la situation, il ne réagisse pas immédiatement. D'autre part, bien qu'elle l'ai envisagé sereinement avant de déclencher son action, le fait que, d'éloigner Marc de sa mère entraîne par obligation l'éloignement de Julien, lui semble de plus en plus insupportable. À la fin de la semaine,

elle sera partie, et Bordeaux est si loin de Paris. Elle ne pourra même pas lui écrire, elle n'a pas son adresse.
Abattue, la fillette se lève et se traîne jusqu'à la salle de bains. Elle a envie de vomir, mais arrivée devant le lavabo, elle sait que ce n'est qu'une impression. Elle doit être forte. Tenir bon. D'elle dépend l'avenir de la famille, son avenir ! Elle se regarde dans le miroir et se voit, entourée de ses deux parents. Mais pourquoi le visage de sa mère lui paraît-t-il plus net que celui de son père ?
Pendant ce temps, dans la cuisine, Anne-Marie s'affaire pour préparer le petit déjeuner. La conversation de la veille, avec sa fille, ne lui a fourni aucune information complémentaire sur le comportement de Jean-François. En fin de journée, son appel téléphonique à la villa des Menhirs l'a laissée dans un grand désarroi. Elle se refuse à croire que Marc l'ait trompée à ce point sur son prétendu divorce. Sa mère, qu'elle n'a pourtant jamais rencontrée, lui a parue si aimable avec elle, si spontanée, qu'elle ne doute pas un seul instant de sa sincérité. Elle hésite entre deux versions. Soit Marc n'a jamais parlé d'elle à sa mère, ce qui lui semble invraisemblable car Julien n'a sûrement pas manqué de fournir tous les détails de sa rencontre avec Marie-Do, et par-là même, d'évoquer sa maman. Anne-Marie connaît suffisamment le garçonnet, à présent, pour l'imaginer, racontant ses journées, avec moult détails, à sa mamy. Soit Marc l'a présentée simplement comme la maman de la nouvelle petite copine de Julien, rencontre de vacances, sans intérêt particulier et sans lendemain. Ce qui, pour elle, est

pire. Elle se raisonne en pensant que le tour sentimental de leur relation ne date que de quelques jours. Mais pour elle, cela avait beaucoup d'importance, et elle ne peut se faire à l'idée que Marc se conduise avec autant de désinvolture, voire de perfidie. Elle se sent bafouée, et tellement malheureuse qu'elle en pleurerait. Elle le fait !
Le téléphone sonne, lui évitant de finir de remplir de larmes son bol de café.
— Allô, …oui…comment ?…mais non, … ce n'est pas possible ! …je vais voir, bien sûr, je n'y manquerai pas.
Elle raccroche, toute pâle.
— Marie-Do, …descend vite, s'il te plaît !
L'appel de sa mère surprend la fillette alors qu'elle tentait, sans grande conviction, de faire un semblant de toilette. Elle la croyait encore couchée et ne l'avait pas entendue descendre.
Au lieu de la voir dévaler l'escalier trois marches par trois marches comme d'habitude, Anne-Marie a tout le temps de voir apparaître sa fille, tel un ectoplasme poussé par une brise matinale, avant qu'elle ne vienne se déposer doucement à ses pieds. De grosses larmes roulent lentement sur ses joues, qu'elle essuie d'un revers de manche de sa robe de chambre.
Sans rien remarquer, Anne-Marie l'attire contre elle :
— Julien a disparu, Marc a téléphoné pour savoir s'il n'était pas au gîte.
Achevée par cette nouvelle, Marie-Do sanglote bruyamment sur l'épaule de sa maman qui est elle-même sous le choc. Elle comprend le chagrin de sa fille, bouleversée par la disparition de son petit ami, mais s'inter-

roge sur les raisons de cette fugue. Seule une dispute entre les deux enfants peut l'expliquer, mais en même temps cela lui semble tellement improbable qu'elle finit par ne plus rien y comprendre. Ajouté à cela, la désaffection brutale de Marc, et la voilà plongée dans un cycle infernal où tout n'explique plus rien. Elle ne sait ni ce qu'elle doit croire, ni de quoi elle doit douter. Inconsciemment, elle culpabilise, en effet, elle n'a pas vraiment parlé du père de Marie-Do à Marc. En revanche, celui-ci ne lui a pas non plus posé la moindre question à ce sujet. Qu'a-t-il imaginé ? Que la petite n'avait pas de géniteur reconnu ? ou bien que le père avait disparu à sa naissance… ou bien… ou bien quoi ? Tu es folle ma fille, c'est de ta faute, tu aurais dû l'informer clairement de la situation. Anne-Marie se sermonne. Elle ne connaît Marc que depuis quelques jours, peut-être ne cherchait-t-il qu'une brève aventure de vacances. Mais alors, non, on ne mêle pas des enfants à ce genre d'histoire ! Pour sa part, elle ne s'attendait surtout pas, en venant dans ce coin retiré, où elle ne connaissait personne, à se laisser prendre par ce coup de foudre. Car, elle doit le reconnaître, dès leur première rencontre, elle a ressenti une attirance incontrôlable envers ce garçon.

Elle s'en veut, se reprochant d'avoir profité de la conversation innocente engagée par les deux enfants pour se rapprocher du père de Julien. Elle trépignerait bien sur place, au souvenir de Marc lui contant, avec aplomb, les péripéties d'un divorce imaginaire. Car, bien sûr, elle reste persuadée qu'il lui a menti sciemment. Beau résultat. Un homme qui pousse l'insouciance jusqu'à plonger

son propre fils dans un chagrin qui l'entraîne peut-être au bord de tous les dangers. Sans parler de la fillette, qu'elle sent toujours hoqueter sur sa poitrine, un autre chagrin qu'il va falloir gérer. Qu'ils aillent tous au diable, la mère réagit vigoureusement. Protéger sa fille avant tout ! À cet instant, Marie-Do se redresse. Elle ne pleure plus et une moue volontaire montre sa détermination
- Je vais le chercher !
Anne-Marie, surprise, n'a même pas eu le temps d'intervenir. La fillette a passé la porte. Elle court déjà sur le chemin de leur ancienne promenade.

XIII

Marc tourne en rond dans la cuisine des *Menhirs*. Quand il est descendu de sa chambre, il était le premier. Sa mère l'a rejoint peu de temps après. Ce n'est que vers dix heures qu'ils ont commencé à s'inquiéter de Julien. La veille, lors de leur virée à Quimper, Marc avait bien remarqué l'air abattu de son fils. Il ne s'en était pas inquiété outre mesure, sachant bien quel était son attachement à sa nouvelle amie. En être subitement séparé devait lui sembler bien dur. Il ne lui avait pas donné d'explication quant à la raison du brutal changement de programme de leur journée. Julien avait à peine protesté et son père avait bien vu qu'il avait fait immédiatement le rapprochement avec les révélations qu'il venait de lui faire. Peut-être aurait-t-il dû en parler un peu plus au cours du repas, la veille, dans une crêperie de Quimper ? Pourtant, l'enfant avait particulièrement apprécié les crêpes et le monceau de chantilly prévu. Ce petit plaisir tout simple et inattendu paraissait lui avoir fait oublier l'absence de sa petite amie.

En montant l'escalier pour se rendre à la chambre de son fils, Marc s'attendait à découvrir le garçonnet enfoui au plus profond de son lit pour y cacher un chagrin renaissant. Il préparait son discours avec en prime une superbe balade à trois, car Mamy Simone avait beaucoup insisté pour les accompagner, arguant que sa présence serait indispensable à son petit-fils qu'elle saurait bien réconforter. Ce qui, disait-t-elle, ne lui poserait aucun problème, les enfants oublient si vite ! Il poussa la porte avec un « debout là-dedans » qu'il voulait aussi joyeux que lui-même était triste, mais son exclamation resta au fond de sa gorge. Le pyjama de Julien était soigneusement plié au pied du lit non défait. La chambre était vide et manifestement, l'enfant n'y avait pas dormi !

Mamy Simone, qui était montée silencieusement derrière Marc, resta un long moment immobile, les yeux écarquillés, avant d'entamer une interminable série de lamentations. Tout y passa. De la négligence paternelle à l'inconscience de la mère, de l'éducation déplorable, fruit d'une situation familiale déchirée, à la responsabilité d'un père, incapable de s'occuper de son fils. Quand on a cette responsabilité, on l'assume, entièrement, sans se laisser aller à de coupables dérives qui conduisent forcément au résultat constaté ce matin ! Ce pauvre chérubin devait avoir subi les pires traumatismes moraux, se sentant abandonné par un père indigne le négligeant pour suivre ses bas instincts. À raison de deux sanglots pour quatre mots, ce n'est qu'un quart d'heure plus tard que Marc put redescendre au rez-de-chaussée, après avoir oxygéné la grand-mère qui suffoquait, afin de s'occuper de la disparition du garçon.

Dans l'immédiat, rien ne laissait présager un drame, bien que le lit non défait, semblait indiquer que l'enfant était parti depuis un certain temps, voire dans le courant de la nuit. Ce qui était plus préoccupant.

— Il est peut-être sorti très tôt et il se promène autour de la maison.

Marc examine l'hypothèse émise par sa mère. Celle-ci supposerait que le garçon ait dormi dans sa chambre, ce qu'il ne semblait pas évident à première vue. Il décide de retourner à l'étage, à la recherche d'indices éventuels. Quand il redescend, il est fixé, l'enfant a emporté son petit sac à dos, visiblement rempli de quelques vêtements. De retour dans la cuisine, son regard tombe sur la table où trône une miche de pain largement entaillée et une boîte de rillettes vide. Julien n'est pas parti le ventre vide. Il a même pensé aux réserves, comme le constate sa mamy en découvrant le vide quasi-sidéral qui règne sur l'étagère aux confitures.

Marc a battu la campagne tout autour de la maison. Sans succès. Il se rend compte qu'il ne peut poursuivre ses recherches dans tous les azimuts. Il connaît une direction privilégiée. Quand il se décide à appeler Anne-Marie depuis son mobile, il est devant le gîte.

— Bonjour.
L'accueil d'Anne-Marie est glacial.

Marc s'efforce d'être, au minimum, courtois. Après tout, c'est lui qui devrait lui en vouloir. Lui avoir caché qu'elle était mariée, ou que pour le moins, elle vivait avec le père de Marie-Do, est inacceptable. Alors que lui s'est entièrement confié quant à sa position matrimoniale en lui contant, par le menu, les pièges et les méandres de son divorce. Considérablement déçu de ce qu'il considère comme une rouerie de sa part, il était bien décidé à vider son sac et sa rancœur, toutefois, en raison des circonstances, il ne peut que se limiter aux échanges minimums. L'essentiel étant de localiser Julien. Il l'aborde donc, avec autant de froideur qu'elle en manifeste. Décidément, ces deux-là ne sont pas en passe de se comprendre. Anne-Marie, qui pense à peu de choses près la même chose que son interlocuteur, mais en sens inverse, veut néanmoins se montrer coopérative, sinon compatissante.

— Pour Julien, c'est affreux. Vous avez des nouvelles ?

Marc est ulcéré, elle a abandonné le tutoiement récent, avant même qu'il lui ait fait aucun reproche. Pour lui, tout est clair. Celle qui en quelques jours était devenue si chère à son cœur se reprenait sans scrupule en perspective du retour de son compagnon.

— Il a disparu. Nous ne savons pas depuis quand. Ce matin il n'était plus dans sa chambre… et nos recherches à proximité de la villa n'ont rien donné. Je viens à tout hasard. J'ai pensé qu'il avait pu tenter de venir voir Marie-Dominique.

Il a même éludé le diminutif, pour bien marquer la distance nouvellement créée.

C'est au tour d'Anne-Marie d'être ulcérée, et pour les mêmes raisons. Toujours inverses, bien entendu. Elle évite de montrer son angoisse. Elle s'était attachée à ce petit bonhomme, à son minois chiffonné, à ses cheveux crépus et d'une couleur tellement semblable à celle de la toison de sa fille. Elle enrage de ne pouvoir dire, à cet escroc du cœur, combien elle partage sa peine. Dans d'autres circonstances, elle l'aurait pris dans ses bras, ils se seraient battus ensemble pour retrouver l'enfant. Aujourd'hui, à cause de son mensonge et du mal qu'il lui a fait, elle ne peut que l'abandonner lâchement à son malheur en essayant d'oublier ses yeux battus et ses épaules voûtées par le chagrin. Attitude confortée par sa propre angoisse : Marie-Do, partie à la recherche du garçon, n'est toujours pas rentrée ! Et cela non plus, elle ne veut pas le partager avec lui.

Marc est reparti comme il est venu, écœuré. Non seulement elle le traite comme s'il ne s'était jamais connus autrement que dans le cadre de simple relation entre parents de deux bambins jouant par hasard ensemble, mais de plus, elle ne s'intéresse nullement au sort de son fils. Et ça, il ne peut l'admettre. Il est bien décidé à ne jamais remettre les pieds dans ce gîte de malheur. Car de plus, c'est de là que vient le sien. Heureusement, ces dames déguerpissent dans deux jours. Bon débarras.

Complètement désorienté, la peur au ventre, il prend la direction de la gendarmerie de Concarneau. Il est plus que temps de déclencher une opération d'envergure pour retrouver Julien.

XIV

Julien s'est allongé sur le sol, la tête posée sur son pull roulé en boule. Dehors, le soleil doit être déjà haut, mais dans sa cachette règne une demi-obscurité bien reposante. La veille, il avait refusé tous les plats présentés par sa mamy. Ce n'est pas qu'il n'avait pas faim, mais il voulait se venger, à sa manière, du chagrin qu'on lui avait fait. Il savait très bien que son manque d'appétit allait inquiéter son père, et surtout sa grand-mère.

Descendu, au petit matin, pour satisfaire son estomac criant famine, c'est alors qu'il avait mis son projet au point. Les adultes le faisaient souffrir avec leurs petites histoires qui ne le regardaient en rien, bon, eh bien lui, il n'avait plus besoin d'eux. Restait à partir. La miche de pain et le grand pot de rillettes furent les bienvenus. On ne part pas le ventre vide ! Deux bons sandwichs, pour la route. Les pots de confiture, ce sont les lots de consolation. Ainsi paré, après avoir jeté un coup d'œil dehors, par la porte de la cuisine, et constaté combien la nuit était encore noire, et menaçante, le garçonnet remontait dans sa chambre.

Il a bien tiré la couverture sur son lit, et plié soigneusement son pyjama, déposé comme il l'était hier soir, avant qu'il ne se couche. Tout cela pour donner l'illusion qu'il n'a pas passée la nuit dans son lit. Après avoir rempli son sac à dos avec quelques vêtements chauds, il est parti, sans oublier le sac plastique avec ses provisions. Seul, isolé dans un monde hostile, fait d'ombres mouvantes, de silences striés des glapissements d'un chat qu'on dérange ou du frôlement d'un courant d'air évoquant cruellement une caresse fantômatique, Julien a progressé lentement, se glissant sans bruit, tel un félin, son sac sur le dos, son casse-croûte d'une main et tenant son courage de l'autre. Il regrettait amèrement de ne pouvoir disposer de ses deux mains pour cela, il en avait bien besoin.

Arrivé à destination, il a rassemblé ses affaires et s'est glissé dans ce qu'il appelle son terrier. Un espace exigu, à vrai dire assez inconfortable, mais dans lequel il se croit en sécurité. Il a découvert cet endroit par hasard dès le début de son séjour en Bretagne. Mais du fait de ses multiples activités, il n'a jamais pu réellement l'utiliser. Aujourd'hui, il veille à ce que rien ne dépasse de son abri, constitué simplement de quelques vieilles planches plus ou moins bien entassées, afin que rien ne signale sa présence. Il se dit que, s'il restait là, sans bouger, on ne le retrouverait pas avant plusieurs mois, voire jamais. Cela le fait frissonner. Mais lui, il est têtu, comme son père et tous les Bretons dit sa mamy. Il pencherait plutôt pour les Vikings, des hommes courageux. Il se dit qu'avec de tels ancêtres, il ne saurait se dégonfler. Encore un mot que lui a appris Marie-Do. En pensant à elle, sa colère le reprend. Il ne sait plus à qui il en veut le plus. À son père, qui ne lui a donné aucune raison d'avoir décidé de ne plus aller au gîte. Il ne se rappelle plus très bien ce qui a tout déclenché. Ah oui, il lui a dit qu'Anne-Marie et Marie-Do allaient retourner à Bordeaux, où elles habitaient. Mais ce n'est pas une raison pour ne plus les voir avant leur départ. Ensuite il y a le secret de Marie-Do, les bisous à bébé. Mais il n'a rien dit à son père à ce sujet. L'arrivée du papa de son amie, mais il ne sera là que le dernier jour, juste pour les emmener, ça ne gène pas pour continuer à se voir jusqu'au départ. Il ne voit pas le rapport. Et Mamy Simone qui a l'air de trouver ça très bien. Comment c'est possible de trouver très bien d'abandonner ses amis ? Et comment peut-elle penser qu'elle va remplacer Mari-Do en le prenant sur ses genoux et en le bourrant de sucreries. Décidément, ces grandes personnes sont plus bêtes que ses anciens copains de la maternelle. La seule solution, c'est de leur ficher la frousse. Encore une expression qui lui vient de la fillette. En attendant, il faut tenir. Même au péril de sa vie. Il descend des Vikings, il ne flanchera pas, comme dirait Marie-Do, bien sûr. Il est bien disposé à aller jusqu'au bout ! Jusqu'au bout de ses deux sandwichs aux rillettes, de ses trois pots de confiture et de son quart de miche de pain. Et même jusqu'à ce soir, si c'est nécessaire. Pas au-delà, tout de même, car le sol du grenier des *Menhirs* n'est pas très confortable, malgré le chat, venu se pelotonner contre lui.

Le soleil est déjà haut sur l'horizon, pour un peu qu'on le devine. Le ciel limpide du petit matin s'est progressivement chargé de nuages, sans pour autant le masquer entièrement. De belles éclaircies, d'un bleu léger, lui permettent, périodiquement, d'animer la campagne environnante. Quelques cumulus plus sombres, amassés sur la ligne de crête de la petite colline proche, donnent à ses rayons des reflets orangés qui baignent le paysage. L'atmosphère, sereine au zénith, se fait étrange dès que le regard se porte en direction de l'ouest. C'est comme une menace imprécise, un danger latent, ressentis comme inévitables. Mamy Simone se détourne instinctivement, son malaise n'a fait que grandir depuis le départ de Marc. Il lui a appris, par téléphone, que Julien n'était pas au gîte. Par contre, il ne lui a rien dit sur sa conversation avec Anne-Marie. Pas un mot ! la vieille dame sent son angoisse redoubler. Non seulement il lui faut affronter l'inquiétude venant de la fugue de son petit-fils, mais en plus, les conséquences de son mensonge vis-à-vis de cette « fille », comme elle l'appelle, risque de la mettre dans une position délicate. Elle se refuse à admettre que la situation, qu'elle a elle-même créée de ce fait, puisse avoir comme conséquence la fuite de Julien. Son inconscient la tarabuste sans répit.

— Pourquoi t'es-tu mêlée de cette histoire. Ce n'était pas ton affaire. Ton fils est plus que majeur et c'est sa vie !

— Mais je voulais le protéger, il ne se rend pas compte, il est si faible avec les femmes.

— Mon œil, il te délaissait et tu étais jalouse.
— Et Julien, le pauvre petit, il fallait le protéger aussi. Son père ne s'en occupait plus comme il faut.

Son argument sonne faux, elle n'en est plus si sûre que cela aujourd'hui. Son inconscient se mue en véritable conscience, qui se dresse devant elle et la juge.

— La belle protection pour le petit. Tu vois le résultat. Tout est de ta faute. Tu n'avais pas le droit de mentir de façon aussi éhontée à cette femme. Tu as séparé Julien de sa petite amie, deux innocents qui n'étaient pour rien dans ta vengeance. Lui te le fait payer depuis ce matin. Mais l'autre, où est-elle à présent ? Marc n'en sait rien, mais tout le village dit qu'elle est partie à la recherche de son copain, seule, sur les routes, à son âge.

Mamy Simone s'écroule sur le tabouret de la cuisine. Elle n'en a pratiquement pas bougé depuis qu'elle a appris la fugue de Julien. Elle ne peut pas quitter la maison. Quelque chose la retient, si « il » revient, ce sera ici, chez lui. Elle le sent.

Marie-Do est descendue du car de cinq heures. Après avoir refait cent fois les chemins de leurs promenades habituelles, exploré tous les lieux et cachettes de leurs jeux favoris, elle a dû se rendre à l'évidence, Julien n'est pas à Concarneau. Elle ne pouvait pas imaginer que, s'il était venu jusqu'à la ville, il ne se trouve pas à proximité du gîte. Si son ami avait quitté les Menhirs, c'était obligatoirement pour la revoir ! Son inquiétude grandissait avec le temps. Elle n'avait rien mangé, pas même le petit déjeuner et sur le coup de midi, la faim la tenaillait. Elle eut l'idée de retourner dans la crêperie qui les avait souvent accueillis. Pas trace de Julien, pourtant lui aussi devait avoir faim ! Il aurait dû penser à la crêperie. Elle en profita pour commander deux crêpes au sucre qu'elle dévora, assise sur un rouleau de cordage, au bord de l'eau, sur le quai. Rassasiée, elle erra dans la ville jusqu'au milieu de l'après-midi.

Un instant, elle songea à l'inquiétude que pouvait ressentir sa mère. Les cabines téléphoniques ayant presque totalement disparu depuis l'avènement des téléphones portables, et comme elle n'en possédait pas, pour elle la question était réglée d'avance. Elle repris sa quête. Brusquement une idée s'imposa à son esprit. Où le garçon, si petit, si fragile, si peureux (elle énumérait ses qualités), pouvait bien se sentir en sécurité ? La réponse s'imposait : dans son terrier. Et là, il l'attendait, sachant qu'elle saurait le trouver. La fillette ne doutait pas que, telle la belle au Manoir dormant, si elle ne venait pas réveiller son prince charmant, celui-ci l'attendrait pour des siècles et des siècles. Et cela ne lui déplaisait pas du tout de revoir la légende sous ce nouveau jour.

— Ma maman m'attend sur la place du village.

Sa réponse au chauffeur du car qui s'étonnait de la voir seule pour faire le trajet, ainsi que le fait qu'elle eut des sous pour payer sa place, suffit à lui assurer un voyage sans histoire.

C'est ainsi qu'elle débarqua, à Pouleven, par le car de cinq heures.

Pendant ce temps, aux *Menhirs*, une vieille dame, affalée dans le canapé du salon, pleurait doucement à côté du téléphone et au grenier, un petit garçon trouvait que la nuit allait peut-être venir bien vite.

L'enfant s'est assoupi depuis quelques minutes. Ou quelques heures ? il n'en a pas conscience, mais en s'éveillant, un malaise indéfinissable le saisit. La lumière, qui parvient d'une lucarne ménagée dans le toit de lauzes, décline rapidement. Le jour n'est pas encore à son terme, mais les gros nuages gris, qui grignotent peu à peu les trouées d'azur ouvertes sur le soleil, obscurcissent les paysages et recouvrent de leurs ombres la vie des hommes. La sienne est à présent faite de solitude et pour lui, il ressent cette solitude comme un danger, accentué par la pénombre et ses formes imprécises qui rôdent autour de lui. Pour un peu, il regretterait sa fuite. Ses petites jambes et sa grande sagesse lui ont conseillé d'en limiter l'éloignement. Néanmoins, cela ne le rassure qu'à moitié, et encore, la moitié restante semble bien prendre le pas sur la première mal assurée. Il se recroqueville un peu plus dans son maigre espace inconfortable en percevant des grattements presque imperceptibles en direction de l'escalier. L'orage éclate brutalement et un premier coup de tonnerre assourdissant vient masquer le grincement sinistre des gonds de la lourde porte du grenier. Abasourdi, Julien s'est bouché les oreilles avec ses deux mains, et ses yeux horrifiés regardent fixement la porte s'ouvrir doucement. L'ombre fragile, poussée par le léger courant d'air provenant de la cage d'escalier, a volé jusqu'à lui. Elle le recouvre entièrement alors que s'estompent les derniers échos des grondements du ciel. Deux bras, solides et implacables

l'enlacent et l'attirent hors de son repaire. Dans le silence retrouvé, il aperçoit, sous la faible lueur blafarde de la lucarne, un visage flou alors qu'une voix lointaine interroge, anxieuse :
— Julien ?
Il a le temps de murmurer :
— C'est toi ?
Il ferme les yeux et se laisse bercer dans les bras de Marie-Do.
Le chat, discrètement, est parti se coucher un peu plus loin.

La grande maison est silencieuse. L'orage, qui menaçait depuis le milieu du jour, a fini par éclater. Toujours allongée dans le canapé du salon, Mamy Simone n'a pas vu la petite silhouette qui s'est faufilée de la cuisine à l'escalier menant aux étages. Marie-Do est entrée par derrière, sûre de son affaire. Elle a aperçu Marc, seul dans sa voiture, alors qu'elle sortait de la crêperie, et le coupé n'est pas dans la cour, donc la maison est déserte, mis à part Mamy Simone. Elle a constaté que la voie était libre en regardant par la porte vitrée de la cuisine. Elle s'est glissée sans bruit à l'intérieur. Traverser le petit espace du couloir, sans se faire remarquer de la vieille dame, dont elle n'apercevait que les pieds dépassant du canapé dans le salon, fut un jeu d'enfant, donc parfaitement à sa portée. Parvenu au pied de l'escalier, Marie-Do testa les deux premières marches. Elles grinçaient, mais pas trop. Redoublant de précautions, elle entreprit l'escalade. Arrivée devant la porte du grenier, alors qu'elle poussait l'huis le plus doucement possible, un fracas assourdissant emplit la pièce sombre. Affolée, elle se précipita, droit devant elle, vers la petite silhouette tassée sous quatre planches, persuadée qu'elle n'arriverait jamais à temps pour la sauver d'un cataclysme qu'elle pensait avoir elle même déclenché en ouvrant la porte du grenier.

Mamy Simone, sortie de sa torpeur par l'orage, se leva pour manœuvrer l'interrupteur du lampadaire du salon, mais aucune lumière ne jaillit. Sur l'instant, elle ne s'en inquiéta pas outre mesure, la chose étant pratiquement inévitable à chaque orage. Se dirigeant vers le téléphone pour essayer de joindre son fils, ce fut pour constater que la ligne était coupée. Dans la pénombre qui envahissait progressivement la maison, la grand-mère sentit son angoisse augmenter. Elle imaginait son petit-fils, perdu dans ce monde opaque de la nuit, en proie à tous les dangers du monde. Elle voulut prier pour qu'une force infinie le protégeât, mais, la aussi, elle ne put que constater que la ligne ne répondait pas. Cela faisait tellement longtemps qu'elle n'avait pas renouvelé son abonnement !

XV

Marc et Anne-Marie sortent de la gendarmerie de Concarneau. Lui a reconnu la jeune femme alors qu'elle traversait sans se soucier des voitures, le carrefour à l'entrée de la vieille ville. Sans plus réfléchir, sachant qu'elle n'avait aucun moyen de locomotion, il s'était proposé à la déposer où elle le souhaiterait. Ils avaient la même destination. C'est donc ensemble qu'ils firent leurs déclarations de disparition des enfants. D'un commun accord, pourtant non concerté, ils ne firent pas allusion aux circonstances particulières qui avaient déclenché le drame. En toute simplicité, ne fut évoquée que la prochaine séparation, bien normale, des deux petits amis à la fin de la période de villégiature. En ce qui concernait Julien, la piste d'une fugue paraissait la plus vraisemblable, et la disparition de Marie-Do s'expliquait par sa décision de partir à la recherche du garçon.
Compte tenu du très jeune âge des fugueurs, le brigadier assura qu'il lançait immédiatement le plan de recherche. Qu'ils ne s'inquiètent plus, sa brigade aura tôt fait de lo-

caliser la fillette et le garçon, qui doivent se trouver quelque part entre les deux domiciles, cherchant à se rejoindre. Tout en n'excluant pas la possibilité d'un enlèvement occasionnel sur le trajet. Mais il garda cette hypothèse pour lui. Comme il demandait une photo de chacun des enfants, Marc lui proposa de venir avec lui, jusqu'aux *Menhirs*. Il possédait plusieurs clichés pris récemment où les deux petits figuraient ensemble. Ils prirent tous trois la route de Plouleven. Le gendarme, qui connaissait bien les lieux, allait devant, dans son véhicule léger, ayant embarqué un collègue avec lui. Marc avait été dans l'obligation de prendre Anne-Marie à son bord, celle-ci s'avérant incapable d'attendre, seule, dans la gendarmerie. Pendant tout le parcours, ni l'un, ni l'autre n'évoquèrent les raisons de leur ressentiment respectif. Chacun, bien entendu, en croyant l'autre totalement et irréversiblement responsable.

Ils arrivèrent ainsi en plein orage, le gyrophare du monospace de gendarmerie à peine visible dans la tourmente. Dès leur sortie des véhicules, la pluie prit possession de la moindre parcelle de leurs vêtements, se fondant avec délice dans chaque fibre de ces minces carapaces estivales. La chemise et le pantalon de lin de Marc, l'élégante et fine robe de coton d'Anne-Marie, ne furent plus que guenilles pendantes sur des corps moulés par la toile dégoulinante. Le corps ainsi révélé de la jeune femme, qui aurait en d'autre circonstance attiré l'attention du plus inflexible des mâles breton, n'éveilla aucun écho dans le regard atone de Marc, trop occupé à pagayer en direction de la porte. Quant aux deux gendar-

mes, ils regrettaient sans doute amèrement les bonnes vieilles pèlerines traditionnelles des pandores à vélo.
C'est ainsi qu'ils entrèrent directement dans la cuisine, où ils surprirent la mamy, occupée à déguster un bol de chocolat chaud, devant une pile de tartines. Qui aurait pu penser qu'elle aussi, n'avait rien mangé depuis la veille ? Les corps mouillés qui, comme d'honnêtes éponges, tentaient de retenir un trop plein d'eau, étalaient un charmant petit lac commençant à former une rigole fermement résolue à quitter le sol carrelé de la cuisine pour gagner le plus rapidement possible le parquet ciré du couloir. Il y eut un éclair aveuglant, suivit du fracas du tonnerre. La maison, fidèle serviteur de ses maîtres, refusa de s'écrouler et un de ces coups de vent vicieux, qui accompagnent servilement les tempêtes, claqua aimablement la porte derrière eux.
Un cri déchirant se fit entendre, couvrant le roulement des éléments déchaînés. Simultanément, le tube cathodique de la télé implosait et l'escalier se remplissait lentement d'une épaisse fumée. La foudre était tombée sur l'antenne, juste au-dessus du grenier. Ce qui suivit ne peut se décrire. Les trois hommes se retrouvèrent au pied de l'escalier, suffoquant dans la fumée. Un des gendarme recula en direction du téléphone pour appeler des secours. La ligne fixe étant coupée, il s'escrima sur son portable, mais l'orage s'avérait plus fort que la technique et imposait le silence à la communication des hommes. Mamy tentait de calmer Anne-Marie en la serrant sur son sein. Un cyclone, prenant la piste de l'escalier, descendait en violents tourbillons, chassant la fumée devant lui

pour s'échapper par la porte-fenêtre du salon qui s'était ouverte sous le choc. Tous haletaient, respirant l'air humide chargé de relents de feu et de pierre. S'aidant, pour se protéger la bouche et le nez, qui d'un mouchoir, qui d'une serviette ou autre linge traînant dans la cuisine, Mamy Simone ayant relevé son tablier, ils commencèrent tous à gravir les marches.

Du palier, encombré par les débris de la porte du grenier qui avait volée en éclats, cinq paires d'yeux tentaient de voir à l'intérieur de la soupente. Quand la fumée commença à se dissiper, un triste spectacle s'offrit à eux. De la lucarne éclatée pendait le squelette de l'antenne. Une large ouverture dans le toit laissait entrer des bourrasques de vent et de pluie. L'eau commençait à ruisseler sur le plancher que recouvrait une épaisse couche de gravats. Tout était bouleversé à l'intérieur, les objets et les vieux meubles gisaient, épars, pêle-mêle. De ce chaos, se dégageait une odeur de matière carbonisée bien qu'aucune flamme ne fut visible. Le visage blême, ils pénétrèrent tous les cinq dans l'étroit espace qui se libérait progressivement à la vue, s'attendant à l'affreuse réalité dont ils commençaient à apercevoir les formes, tassées sous quelques planches, presque sous les restes de la lucarne. L'odeur leur sembla encore plus insoutenable. Peu à peu apparurent deux petites silhouettes, accrochées désespérément l'une à l'autre et dont les épaules étaient secouées par les longs sanglots qu'elles tentaient de retenir. A la vue des adultes médusés, ils jaillirent de leur cachette pour se précipiter dans les bras de leur parent respectif, indemnes. Le terrier les avait protégés. De l'autre côté de la lucarne éventrée, gisait la pauvre dépouille calcinée du chat qui s'était couché là, à deux mètres des enfants, sur le fil de l'antenne.

XVI

Les valises sont bouclées, Anne-Marie, assise sur l'une d'elles, attend l'arrivée du taxi. Marie-Do, affalée sur un fauteuil de jardin, déjà rentré en prévision du départ, s'est de nouveau plongée dans la rêverie mélancolique qui ne la quitte plus depuis un certain soir. Elle a bien essayé d'aider sa maman à mettre un peu d'ordre dans le gîte avant de le quitter, mais le cœur n'y est pas. Où est-t-il, ce cœur, qu'elle imaginait si fort pour l'aider à mener sa vie en conquérante et qui aujourd'hui lui tourne sur l'estomac au souvenir d'un simple fil de pêche, remontant de l'eau du port, un tout petit rouget accroché à l'hameçon.

L'autre soir, après l'orage, après que la boule de feu soit venue si près pour les épargner, elle n'a plus songé à rien d'autre qu'à se réfugier dans les bras de sa mère, dès qu'elle l'a aperçue. Elle s'en veut terriblement. N'aurait-t-elle pas dû, entourant les épaules du garçon de son bras, sortir fièrement de leur repaire, tel l'ange protecteur ? Le fait que Julien se soit, lui aussi, directement précipité au-devant de Marc, ne change rien à l'affaire. Ensuite, tout a été très vite. Le retour au rez-de-chaussée, puis le séchage, dans la salle de bains pour elle et sa mère et, dans la cuisine, pour Julien chouchouté par sa grand-mère.

Le gendarme avait fait preuve de beaucoup d'indulgence, retenant que le choc reçu des éléments en furie était une punition largement suffisante pour sanctionner leur escapade. Tout se terminait bien et il avait hâte de rentrer chez lui pour s'assurer que la tempête n'y avait pas fait les mêmes dégâts qu'à Plouleven. Il s'était offert à les reconduire à Concarneau, ce que Anne-Marie s'était empressée d'accepter. Mamy Simone s'était bien proposée de les garder un peu, voire à dîner, le temps de se reposer, mais devant le silence poli de la jeune femme et sous le regard indifférent de Marc, elle n'insista pas. Il n'y eut pas d'adieux.

Anne-Marie entend venir le taxi. Elle jette un dernier coup d'œil autour d'elle. Elle ne reviendra jamais ici. Trop de souvenirs, pour si peu de temps, trop d'espérances fugitives, pour autant de déconvenues. Ce petit coin du voile, lévé miraculeusement sur un bonheur inespéré, et si vite rabattu, cela, elle l'emporterait avec elle, comme un trésor volé que l'on cache éternellement sans jamais en profiter. Elle ne s'était même pas étonnée de l'absence de la femme de Marc qui, d'après sa mère, devrait être aux *Menhirs* depuis la veille au soir.

Elles sont parties toutes les deux, serrées l'une contre l'autre sur la banquette arrière d'un taxi anonyme. La plus âgée, rêvant à son galant chevalier l'emportant sur son fougueux destrier écarlate, l'autre, si jeune, portant son chagrin de l'absence d'un père et de la perte d'un ami.

À Plouleven, Mamy Simone a pris ses dispositions pour rester aux *Menhirs* le temps nécessaire aux réparations. Les choses sont rentrées dans l'ordre, son ordre. Elle a bien un peu flippé quand elle a vu arriver Anne-Marie avec Marc. Mais la présence des gendarmes l'a rassurée. Ils venaient pour toute autre chose, et cela était bien plus important pour tous. Le soir du fameux orage, sa tentative de retenir la jeune femme ne visait qu'à s'assurer que rien ne s'était découvert de son mensonge. À présent, tout danger écarté, elle jouissait pleinement d'une situation sauvée par ses soins. Julien n'a pas quitté sa chambre depuis trois jours, cloué au lit par une légère fièvre, conséquence de sa douche involontaire. Il dort, ou fait semblant la plupart du temps. Il n'a pas évoqué une seule fois son ancienne amie. Marc non plus. Beau temps sur tous les fronts, se dit la vieille dame. Si seulement elle pouvait se douter de ce qui se passait « sous » tous les fronts.
Les sept ans de Julien l'ont mis à l'abri d'une peine sentimentale. Il perçoit l'absence de Marie-Do comme un manque latent, une peine de ne plus sentir le réconfort de sa main dans la sienne. Une main ferme qui lui racontait

qu'il n'était plus seul dans sa vie d'enfant. Une main, qui le poussait à sortir d'une coquille dont il n'entrevoyait pas encore les fissures, et qui l'entraînait vers son monde à elle, si proche mais déjà si différent. Qui sait combien, à cet âge, comptent presque deux années de plus ? Dans sa grande indifférence, le sort lui a quand même réservé un lot de consolation de belle taille. Un appel téléphonique sur la ligne fixe miraculeusement rétablie en deux jours, sa maman a demandé à Marc de le garder une semaine de plus.
- Bingo ! une semaine de plus avec papa.
Le gamin saute de joie, quelles belles parties de pêche au programme, il revient à ses anciennes amours. Catastrophe, le sort, toujours indifférent, le ramène à une triste réalité. Son père, lui, ne peut pas rester. Son travail l'attend. Devant la perspective de passer une semaine seul avec sa mamy, l'enthousiasme de l'enfant diminue tellement à vue d'œil que Marc ne peut pas l'ignorer. Il tourne vers lui son regard suppliant. On n'abandonne pas un chien abattu !
Le père se veut persuasif :
— Tu seras bien aux *Menhirs*, bien tranquille pour te remettre de toutes ces émotions.
— Mais, je saurai pas quoi faire, moi ! et puis je s'rai tout seul, et puis j'ai même pas de copain.
Il a hésité à dire même pas de copine, son cœur saigne un petit peu, quelques minutes.
— Écoute, je vais voir si je peux m'arranger. Ce ne sera pas très commode. Mais enfin, bon…

C'est gagné, pour Julien, mais pas pour sa mamy qui bougonne dans son coin.

— Si on passe tout aux enfants, après il ne faut pas se plaindre…

On ne saura jamais de quoi pourrait bien avoir à se plaindre Marc, qui sans le dire, est ravi de garder Julien une semaine de plus près de lui.

L'affaire étant réglée, le départ pour Paris est fixé au lendemain.

Marc partira avec un lancinant souvenir, celui d'une illusion perdue, et le regret d'un avenir renvoyé au passé par l'insouciance présumée d'une femme.

Mais que peut-t-on faire contre les principes d'une mère associée à l'espérance d'une fillette d'à peine dix ans en mal de son papa?

XVII

La réunion venait à peine de se terminer. Marc refermait son dossier quand la secrétaire lui fit signe depuis la porte, une main plaquée contre son oreille et l'autre s'agitant désespérément pour indiquer l'urgence de l'appel téléphonique. Associé dans une agence de communications spécialisée dans la conception de stands d'exposition, il ne s'en étonna pas outre mesure, les affaires, dans ce milieu se traitant rarement dans une atmosphère de calme et de sérénité. La petite voix fraîche et pointue qui perfora l'écouteur le fit sursauter :
— Salut papa, dit, tu peux v'nir me chercher chez Jeanne ce soir ? pas'que, ben…, maman elle est pas là aujourd'hui…, et Jeanne, elle part aussi, avant cinq heures, ça s'rait chouette qu'on passe au centre commercial, tu sais, j'ai pu d'basquets, les miens, y sont trop p'tits. Et puis après...
Marc éloigne l'écouteur de son oreille, la voix de Julien devient de plus en plus perçante au fur et à mesure qu'il s'excite à l'idée de ce programme d'une soirée non pré-

vue. Nous sommes vendredi, en fin d'après-midi, la réunion hebdomadaire vient juste de se terminer et Marc doit impérativement présenter un projet important aux Laboratoires Jouanneau, son plus gros client, dès lundi matin. Il n'était pas prévu qu'il prenne l'enfant cette semaine. Il rapproche l'écouteur, Julien parle toujours
— …et comme ça, on aura eu un week-end formidable !
Les dés sont jetés, dans ce jeu, à qui perd gagne, Marc est devenu très fort. Il est d'accord, dans moins d'une heure, il sera chez Jeanne.
— T'es sympa, p'pa, soit pas en retard !
Et non, il ne sera pas en retard, un week-end de rab, comme il dit, ça ne se refuse jamais. Même si ces derniers temps, il n'en a pas été privé. À croire que la boutique de fleurs de son ex réalise les trois quarts de son chiffre d'affaires du vendredi soir vingt heures au lundi matin neuf heures, heure de la rentrée des classes. Ce qui permet à son père d'accompagner Julien à l'école. Mamy Simone qui passe souvent devant la boutique à l'enseigne du « Bouquet garni » (sans rire), lors de ses promenades dominicales, a bien suggéré que l'activité se déplaçait plutôt en direction de la propriété du principal grossiste fournisseur du Bouquet.., à Rambouillet, Marc, non content de n'y voir aucun inconvénient, n'y trouve que des avantages. Au grand dam de sa mère.
-—T'inquiète pas fiston, à tout de suite.
Il range ses dossiers dans son porte-documents. L'enfant dort en moyenne neuf à dix heures par nuit, ça laisse le temps pour que le projet soit bouclé lundi matin.

Soirée de vendredi sans histoire. Visite au centre commercial pour le choix des baskets.
— Non pas ceux-là, les jaunes…oui, au-dessus, c'est ça, avec les talons fluos…y m'vont mieux !
Farouchement allergique au pain rond, Marc évite la galerie du Mac-Do et se lance en direction de l'Italien. Pâtes bolognèses pour Julien et osso-buco pour lui. Après le tiramisu, dessert préféré du garçon, retour sagement à la maison. Le ciné sera pour le lendemain. Avant l'aube, Marc a bien avancé son projet.

Si on prétend que l'absence de bien ne nuit pas, l'absence de mère est très bien supporté avec une nouvelle paire de baskets au pied de son lit. Julien ne se réveillera, en pleine forme, qu'après dix heures, le lendemain matin. Levé presque sitôt couché, Marc traîne dans la cuisine. Le petit déjeuner est prêt. Malgré sa courte nuit, il se sent parfaitement heureux. La présence de son fils est pour lui un plaisir sans cesse renouvelé. Il le doit surtout à une certaine insouciance de la maman. Il est vrai que Sabine s'est toujours avérée plus préoccupée de sa petite personne que de son entourage. Elle adore Julien, incontestablement, mais pourquoi priver un fils de son père quand on peut faire autrement ? Et de plus, quand ça arrange le fameux monsieur Toulemonde, personnage dans la peau duquel elle se glisse facilement.
Marc se remémore leur première rencontre. Presque dix ans, déjà. Il sortait d'une année noire, sentimentalement parlant. Bien que, assemblées, les photos d'identité de ses « aventures » ne dépassent pas le format d'une carte

postale, il se disait homme d'expérience. La dernière lui laissait un souvenir cuisant. Rencontrée peu avant les vacances, Martine l'avait entraîné dès le mois d'août dans une charmante petite pension de la « Côte ». Les deux larges portes-fenêtres, ouvrant sur un balcon, offraient une vue splendide sur la baie de Cassis. Le premier qualificatif de l'établissement venait incontestablement du charme dégagé par le cadre dans lequel il se situait. Quant au second, le terme petit s'appliquait principalement au nombre de chambres, six en tout. Bien entendu, cela expliquait parfaitement le prix relativement exorbitant des habitations.

Après quelques jours de bonheur parfait dans ce cadre idyllique, Marc était appelé d'urgence à Concarneau. Sa mère, qui venait d'arriver aux *Menhirs*, avait été victime d'un accident de la circulation. Elle pleurait au téléphone sur sa jambe broyée. À Cassis, Martine assura à Marc qu'elle l'attendrait le temps qu'il faudrait et il sauta dans le premier avion. Négligeant le car de cinq heures, il arrivait le soir même au volant de la vieille R5 que lui avait confié, à son arrivée à Orly, un collègue qui assurait la permanence du bureau en août. Simone, qui n'était pas encore mamy, gisait sur son lit, un énorme pansement entourant sa jambe blessée. Il n'obtint de réels renseignements sur l'état de santé de sa mère et les circonstances du drame que lors de la visite du médecin huit jours plus tard. Jusque-là, il téléphona chaque matin à Cassis, incapable de prévoir la date de son retour.

Le quatrième jour, le patron de l'auberge ne put pas lui passer « son amie » au téléphone, elle était rentrée très tard et dormait encore. Mais il ne devait pas se faire de souci. Tout allait très bien. Elle avait eu la surprise de voir arriver son propre frère qui lui tenait compagnie. Malheureusement, tous les hôtels étant bondés en août, celui-ci devait se contenter d'un lit d'appoint hâtivement installé dans la chambre. Ce qui n'était pas dérangeant, entre frère et sœur. Marc médita longuement sur cette brusque procréation venant modifier l'état de fille unique de Martine. Il en fut de même les jours suivants et, bloqué à Plouleven par sa mère impotente, il n'eut d'autre solution que d'attendre.

Quand le médecin vint revoir sa patiente pour lui retirer son bandage, il constata que l'entorse, que s'était faite Simone en ratant la dernière marche à sa descente du car, était sans gravité. Elle pouvait, dès à présent courir comme un lapin. Jugeant qu'elle n'offrait que peu de points communs avec ce charmant herbivore, Simone consentit à abandonner une de ses deux cannes mais conserva l'autre une bonne semaine de plus. Marc patienta. Quand il réussit à joindre l'hôtelier de Cassis, celui-ci lui apprit que sa dulcinée avait quitté les lieux le matin même, avec son frère ! Il les avait entendus parler d'un certain palace de Cannes mais n'en savait pas plus.

Marc, lors de son départ précipité pour Plouleven, pensait n'en avoir que pour quelques jours, aussi avait-t-il laissé sa voiture à Martine pour ses déplacements, avec sa carte de crédit pour l'essence, en l'attendant. Une certaine inquiétude le saisit. Ce n'est qu'à son retour à Paris qu'il reçut le relevé bancaire de sa carte bleue; c'est ainsi qu'il fit connaissance avec les principaux palaces de la

Côte. Sous le choc, après s'être assis, il ouvrit la seconde enveloppe. Elle contenait ses clés de voiture avec l'adresse d'un parking à Lyon et sa carte de crédit que sa dulcinée avait eu la délicatesse de lui renvoyer. Il l'avait fait désactiver depuis trois jours, ceci explique cela. Il ne lui restait plus qu'à programmer un voyage à Lyon pour récupérer son véhicule. Après avoir reçu, un mois plus tard, une belle collection de procès-verbaux pour stationnement interdit sur la Croisette de Cannes, il put enfin oublier l'affaire.

Deux mois plus tard, alors qu'il préparait un stand aux floralies d'Orléans, le hasard, qui fait les choses mieux que personne, le fit tomber en arrêt devant une jeune femme occupée à remplir de terreau un pot gigantesque. Le sac était deux fois plus gros qu'elle et la moitié du contenu se déversa sur les chaussures de Marc. Ravis de cette prise de contact originale, les deux jeunes gens firent connaissance. Sabine, à peine plus âgée que lui, mais si jeune, si débordante de vie, si insouciante déjà, et lui si fragile, si amoureux, si tendre, à croquer. Elle croqua !

La première année se passa, sereine, idyllique. La seconde fut d'épanouissement, agrémentée des périodes pré et postnatale, et finalisée par l'arrivée de Julien et la régularisation qui s'imposait. Ni l'un ni l'autre des heureux parents n'avait porté le mariage sur les tablettes de leur calendrier respectif, mais la reine-mère, nouvelle Mamy Simone, tenait à officialiser son titre. Sans objection de la part des grands parents maternels, qui considéraient leur fille assez grande pour poursuivre ses erreurs de jeunesse, la cérémonie se décida et fut exécutée proprement. La troisième année leur permit d'affirmer leurs différences à l'occasion des vacances à Plouleven. Marc redevenait l'éternel solitaire qu'il n'avait jamais voulu être sans jamais se l'avouer.

Mais, ce matin-là, des pas légers faisaient résonner le parquet du couloir. La porte de la cuisine, emportée par la mini-tornade rouge rayée blanche du pyjama de Julien, claqua contre le frigo. L'enfant parut, et Marc n'exista plus que pour lui. Ils fixaient tous les deux la fenêtre où le coin du ciel de cette fin septembre prenait des reflets bleu-azur.

XVIII

Anne-Marie n'avait jamais aimé le grand appartement de la place de Tourny, proche de l'esplanade des Quinconces, au cœur de Bordeaux et que Jean-François habitait avant leur rencontre. Depuis son départ pour l'Afrique, elle est revenue s'installer avec Marie-Do dans la petite échoppe de Talence, autre quartier de la ville qu'elle affectionne particulièrement pour y avoir passé toute son enfance. La maison appartient toujours à ses parents, aujourd'hui à la retraite et retirés au soleil d'Espagne. Fille unique, elle a la jouissance totale de la petite bâtisse étroite mais très bien agencée avec ses trois pièces du rez-de-chaussée et ses deux chambres mansardées aménagées à l'étage. La courette à l'arrière de la cuisine, paysager moitié jardin, moitié patio est particulièrement reposante l'été. C'est là que la jeune femme et sa fille sont venues s'installer, par ce beau dimanche de fin septembre, pour prendre le petit déjeuner.
Marie-Do babille, interrompant son monologue de temps à autre en posant les écouteurs de son baladeur CD, le

son poussé à fond, sur la table de fer, pour profiter de la résonance. À leur retour de Bretagne, une lettre les attendait, Jean-François évoquait un retour prochain, aucune date n'était fixée et rien ne laissait présager si ce retour serait définitif.
Il est presque midi quand le téléphone sonne. C'est Jean-François.
— Oui, c'est moi… je t'appelle en vitesse, je suis à l'aéroport.
Anne-Marie l'entend à peine :
— Comment ?…une escale à Paris… pour deux à trois jours ?… en fin de semaine à Bordeaux ?
Il abrège, pressé :
— C'est ça, jeudi ou vendredi. Embrasse Marie-Do.
Et elle ? Anne-Marie imagine une longue file d'attente devant une unique cabine téléphonique dans un aéroport désert au plein cœur de l'Afrique. Bien sûr, les communications coûtent cher, mais quand même. Elle n'a pas envie de sourire ! Marie-Do, qui révisait un cours d'histoire culturel devant la télé et ses dessins animés japonais dominicaux, jaillit dans la cuisine.
— C'était papa ? … qu'est-ce qui-dit ?
— Il sera à Bordeaux jeudi ou vendredi, il t'embrasse.
— Génial.
Anne-Marie pousse un long soupir. A force de qualifier de géniales les choses les plus banales, ne prouve-t-on pas que les vrais génies ne sont plus de ce monde. Épuisée par tant de philosophie, elle va consoler sa fille qui vient de prendre brutalement contact avec la réalité et le tapis du salon en imitant le saut de l'ange de son héroïne

télévisée. Celle-ci exécutait sa performance dans le vide sidéral, beaucoup moins dangereux que l'espace encombré du salon d'une échoppe de Bordeaux.

Le comportement de Jean-François excède Anne-Marie. Elle revoit le grand garçon brun, un peu dégingandé, qui l'avait abordée dans le couloir du petit laboratoire d'analyse, à Châteauroux où elle travaillait. Il faisait une conférence au CHU et était venu rendre visite à sa patronne qu'il avait connue en fac de médecine. Le prétexte était mince, mais la voix était chaude. Anne-Marie était bien jeune. Il ne devait repartir que le lendemain, ils dînèrent ensemble le soir même. Et Jean-François rentra à Bordeaux avec deux jours de retard.

 Bien que les fleurs d'oranger de sa couronne présentassent déjà quelques exemplaires effeuillés, cette rencontre était son premier amour. Du moins le sentait-t-elle ainsi, un soir de novembre à Châteauroux. Au cours du temps, le doute s'était parfois insinué, sans toutefois s'installer véritablement, Jean-François étant maître dans l'art de l'esquive. Un des quelques sujets qu'il abordait, en dehors de ceux touchant sa profession, était le mariage. Il en énumérait les multiples bienfaits et en particulier sa capacité à souder de si belle façon un couple. Il parlait, bien entendu, des couples n'ayant pas la chance de connaître le véritable amour total et sincère et qui trouvaient dans le mariage la force qui leur manquait. Ce qui ne concernait en rien ces deux êtres d'exception qu'étaient Jean-François et Anne-Marie. Pourquoi enlaidir d'un garde-fou une relation si intense qu'elle ne souffrait aucune barrière. Il y a longtemps qu'Anne-Marie n'écoute plus et change de sujet rapidement. Sa fille l'accapare.

En ce beau dimanche de septembre, elle se promet de faire le point d'une situation qui lui pèse de plus en plus. Surtout depuis que l'eau d'un certain port de Concarneau vient troubler régulièrement le lac tranquille de ses nuits. Le lundi, elle a deux entretiens d'embauche dans des laboratoires de la région. Il est temps pour elle de reprendre une activité professionnelle si elle veut éviter la Bérézina financière qui se profile à l'horizon de son compte bancaire. Le jeudi, la réponse arrive. Elle est retenue pour un poste d'assistante dans un centre de recherche des Laboratoires Jouanneau. Sa première mission sera de faire des démonstrations sur leur stand lors d'une prochaine exposition de matériel médical.

XIX

Lorsque Julien eut deux ans, Sabine se sentit oppressé. Elle avait abandonné volontiers son emploi dans une grande boutique de fleurs du quartier de l'Étoile à la naissance du garçon. À présent le rôle de mère au foyer lui pesait. Prise soudainement d'un irrésistible besoin de liberté et d'autonomie, elle rechercha et trouva, presque simultanément, une gentille petite boutique à reprendre à Passy. Quel plaisir de retrouver son seizième. L'affaire était en or, et l'or, ça paye autant que ça coûte. Marc mit à fondre ses dernières économies toutefois insuffisantes. Par un hasard, qui fait si souvent bien les choses, Félicien Roseau, l'horticulteur de Rambouillet, fournisseur attitré de l'ancien employeur de Sabine, se déclarait prêt à aider en proposant une association. Sabine devint gérante du magasin. Un an après, comme elle réunissait toutes les qualités et compétences nécessaires, l'affaire tournait bien, toujours grâce aux sages conseils de son associé.

De parfaite, l'entente devint vite cordiale et, de fil en aiguille, bien que la couture n'ai rien à voir là-dedans, le sentiment s'en mêla et leurs vies s'emmêlèrent. Après avoir tenté de gérer une situation devenant de jour en jour plus complexe, Sabine se découvrait une incompatibilité d'humeur flagrante avec sa belle-mère ainsi qu'une aversion profonde pour Plouleven. C'est ainsi qu'elle se retrouva, un soir de juillet, la veille d'un départ en vacances, avec Julien et les trois valises, sur la route du sud, en direction de Cavalaire-sur-Mer, à bord du quatre-quatre de Félicien. Sabine se félicitait d'un choix qui allait lui permettre d'accroître ses connaissances en matière florale, Félicien possédant dans ce charmant petit port, à mi-chemin entre Le Lavandou et Saint-Tropez, une exploitation horticole de grand intérêt et accessoirement une belle villa et un bateau.

Trois ans se sont passés et en ce jour de quinze août, Sabine rêve, mollement étendue sur le pont du bateau. Félicien est un assez habile skippeur et leur périple le long des côtes méditerranéennes fut un véritable enchantement tout au long de ces deux semaines passées en mer. L'ombre au tableau, c'est l'absence de Julien. Félicien accepte volontiers le garçon, à dose homéopathique, chaque week-end à Rambouillet, mais il a persuadé Sabine, sans difficulté, des risques qu'il pourrait courir sur un voilier de trente-deux pieds, en pleine mer. Soucieuse de la sécurité de l'enfant, comme de l'intimité de son couple, elle s'est rendue aux raisons de son compagnon et c'est ainsi que Marc eut le privilège de la présence de son fils une bonne partie du mois d'août.

N'ayant pas réussi à parfaire son bronzage sur le pont du navire, la faute en étant à "cette voile qui bouge tout le temps", la jeune femme manifesta clairement son désir de le poursuivre sur la plage de Cavalaire. Félicien qui poursuivait benoîtement son chemin vent arrière en direction du large choqua brutalement l'écoute de grand voile en poussant la barre. Le voilier empanna et la bôme passa de gauche à droite à la vitesse de l'éclair, balayant tout sur son passage. Félicien, en skippeur chevronné qu'il était presque, s'était baissé mais pas suffisamment et sa belle casquette made in Monaco s'en fut porter à Neptune les salutations du commandant. Redressant la barre en bougonnant sur l'instabilité féminine capable de mettre en péril celle de toute une escadre, il reprit sa route en direction du port. Après avoir soigneusement tourné les amarres sur la bitte du quai, il prétexta un appel téléphonique urgent à donner et s'éclipsa, laissant sa compagne rejoindre seule le gril collectif.
Étendue sur la plage, Sabine médite sur l'égoïsme des hommes, friands de corps dorés à point, mais incapables d'en payer le prix par le moindre effort.
— Quelle bonne surprise !
La voix est toute proche, l'homme vient de s'étendre à son côté. Il chasse d'un geste machinal les quelques grains de sable retenus par les poils abondants qui recouvrent son torse et arbore un large sourire.
— Monsieur Jouhanneau, quelle surprise !
Elle ne précise pas si pour elle la surprise est également bonne, mais ses yeux n'en finissent pas d'admirer le soleil reflété par une rangée de dents éblouissantes.

— Je vous en prie, Sabine, appelez-moi Jean-Paul, pas de manières entre nous.

La jeune femme tend sa menotte que l'homme emprisonne aussitôt de ses deux mains, comme si une nuée de reporters de la presse people les encadrait. L'instant est magique et Sabine, qui n'a jamais rencontré l'ange fameux dont un exemplaire traîne toujours au bon moment, sent néanmoins le souffle d'une aile qui balaye le sable et lui en envoie quelques grains qui lui piquent les yeux.

Jean-Paul Jouhanneau est le fils de l'actuel P.D.G. des laboratoires du même nom. Suite aux recommandations de Félicien, le laboratoire a contacté le Bouquet-garni pour assurer la décoration florale de leur stand sur l'exposition spécialisée en matériel médical qui doit se tenir en octobre à Paris. Avant les congés, elle a eu un premier entretien avec le responsable de la communication du laboratoire qui n'est autre que Jean-Paul Jouhanneau.

Elle se laisse bercer par la voix chaude, un peu rauque. Les mots glissent et s'égayent en un bruissement léger dont Sabine n'entend que la douce mélodie. Le sens, elle le connaît si bien que dans quelques semaines, elle sera même en mesure de lui répéter ses paroles. Exercice d'autant plus aisé que lui-même les aura sans doute oubliées. Bien entendu, ce ne sont pas celles-là qu'elle va répéter le soir même à Félicien. Celui-ci, ravi de cette rencontre dans laquelle il voit se profiler l'ombre d'un nouveau bon client pour la boutique, encourage vivement sa compagne à profiter de l'occasion pour inviter Jean-Paul à la villa et nouer de solides relations.

Le soir, les têtes sur l'oreiller, ils en sont encore à estimer le nombre de pots que peut contenir un stand de soixante-quinze mètres carrés et ils en oublient de faire l'amour. Ce qui arrange bien Sabine qui en est à trois mille deux cent trente-quatre quand elle ferme les yeux, vaincue par le sommeil, avant d'avoir fini d'inventorier les poils sur la poitrine de Jean-Paul.

Des cartons traînent au milieu des allées, il faut enjamber des palettes, des tas informes de restes d'emballages, de morceaux de moquettes et bien d'autres choses, pour se frayer un passage et accéder enfin à son stand réservé souvent un an à l'avance. Des gens circulent sans arrêt au travers de cet immense chantier. Le bruit des scies couvre les coups de marteau rageurs d'un menuisier qui renforce l'angle d'un stand mal étudié. Un plombier se noie dans la vasque installée au milieu du décor, imaginé pour une célèbre source thermale, en tentant de l'alimenter avec l'eau de la ville. Partout l'effervescence règne. L'exposition ouvre dans deux jours !
Marc est à pied d'œuvre, ce samedi, depuis l'ouverture des portes du hall. Le montage du stand Jouhanneau a commencé dès la veille. Ses équipes sont bien rodées, le stand est original et il en est très fier. Il a prévu de passer sa journée complète sur le site afin de s'assurer que tout se passe bien. Vers midi, il rentrera déjeuner chez sa mère. Celle-ci lui a fait promettre de lui montrer le résultat de son travail avant l'ouverture. Sabine a eu la bonne idée de lui confier Julien pour quelques jours, prétextant

une surcharge de travail, comme si lui n'avait rien à faire ! C'est Mamy Simone qui garde le garçon. Marc ne voit pas d'un bon œil la vieille dame et l'enfant déambulant au travers de l'expo, mais il ne pourra pas faire autrement que de les amener tous deux passer l'après-midi avec lui. Pour le moment il doit encore mettre pas mal de détails au point avec le responsable de la communication des Laboratoires Jouhanneau.

Il s'achemine donc vers le stand en râlant un peu à l'idée de discuter avec ce Jean-Paul qui se croit tout permis parce qu'il est le fils du patron. Sa mauvaise humeur ne fait que croître quand, en pleine conversation, le Jean-Paul reçoit un appel de la fleuriste qui doit décorer le stand. Contrairement à ce qui était prévu, elle ne viendra que ce soir, en fin de journée, peut-être vers six heures. Marc est furieux, mais le Jean-Paul paraît trouver ça très bien. Il poursuit même la conversation en s'éloignant un peu et en parlant à voix basse. Pour un peu, il l'appellerait ma chérie, pense Marc. Habituellement, il propose toujours la collaboration d'entreprises qu'il a soigneusement sélectionnées pour leurs compétences et leur sérieux. Mais son client en a décidé autrement et a imposé un autre fournisseur pour la décoration florale. Comme cette prestation ne fait pas partie de son devis initial, Marc n'a pas d'objection à formuler, néanmoins, en tant que concepteur du stand, il est un peu inquiet sur la capacité de ce nouveau partenaire à suivre les prescriptions du projet. D'autant plus que, bizarrement, Jean-Paul ne lui a fourni aucune information sur l'entreprise, pas même la raison sociale, déclarant qu'il se portait garant du résultat. De toute façon, le client n'aura rien à reprocher, ayant lui-même choisi son fournisseur. Marc n'a pas insisté, pensant bien que des intérêts personnels prévalaient dans l'affaire. Il se promet de passer sur le stand en fin de journée pour faire connaissance de cette entreprise et se dirige vers le fond du hall où l'attendent des équipes occupées au montage de deux autres stands dont il s'est également chargé.

Anne-Marie n'arrive qu'un quart d'heure plus tard. Chargée, dans son nouveau job, de présenter différents matériels de recherche en fonctionnement, elle a profité de la voiture de Jean-Paul pour venir à Paris dès le vendredi. Sa fille et Greta, une jeune stagiaire des Laboratoires Jouhanneau l'accompagnent. Les deux femmes et la fillette ont fait un peu de tourisme pendant ces deux jours et Marie-Do, bien que venant à Paris pour la première fois, n'a pas arrêté de commenter les visites pendant tout le trajet. Elle a un peu insisté auprès de sa mère pour venir avec elle ce soir et visiter "son stand", mais se doutant que les chantiers seraient encore importants dans le hall et connaissant la curiosité naturelle de sa fille, celle-ci a préféré lui promettre qu'elle pourrait venir le lendemain.

À présent, Greta et Marie-Do sont rentrées à l'hôtel, laissant Anne-Marie à son travail, celle-ci entreprend le déballage de ses instruments; demain elle en assurera les branchements et essais. Greta doit rentrer à Bordeaux le dimanche soir avec l'enfant et en assurer la garde toute la semaine où sa mère sera à Paris. Jean-Paul, qui doit être à Bordeaux le lundi matin, les raccompagnera en voiture.

Sabine arrive sur le stand vers sept heures moins le quart, normalement en retard comme à son habitude. Tout étant prévu par le concepteur du stand, elle n'a pas réellement besoin de cette visite avant sa livraison du lendemain, mais Jean-Paul l'accueille amicalement et lui présente l'assistante chargée des démonstrations. Il n'avait pas prévu que celle-ci viendrait passer sa soirée à l'expo pour préparer son matériel. De toute façon, Sabine ne fait aucun cas d'elle et accepte sans façon l'invitation à dîner de son client. Son patron et son invitée étant partis, Anne-Marie se remet à son déballage en esquissant un petit sourire : Jean-Paul et Sabine n'ont pas attendu d'être au bout de l'allée pour s'enlacer et échanger un baiser dont l'intensité et la durée laissent présager du meilleur avenir des liens commerciaux entre les deux partenaires.

Depuis plus de deux heures, Marc se débat avec un problème délicat : une pièce de décoration a été cassée lors du montage. Ce n'est pas très grave car il s'agit d'une pièce standard, mais la remplacer en urgence s'est avéré difficile. Marc s'est dépanné chez un fournisseur de ses amis, la pièce sera en place le lendemain après-midi. Quand il regarde sa montre, il est trop tard pour passer sur le stand des laboratoires et il s'empresse de quitter l'expo. Il n'a plus pensé que sa mère et Julien l'attendaient pour déjeuner. À près de huit heures du soir, il pourra toujours dire qu'il a confondu avec le dîner. Julien sera furieux mais la promesse de l'emmener le lendemain, alors que tous les stands seront presque terminés, devrait le satisfaire. Sa mère ne doit le reprendre que le dimanche soir.

XX

Félicien en est à son deuxième whisky. Il arrête de tourner en rond dans le salon de sa villa de Rambouillet pour jeter un coup d'œil dehors. Par l'une des fenêtres de la pièce, il voit la rue en enfilade. Depuis le début de la soirée, il s'est approché de la croisée à vingt reprises, espérant chaque fois apercevoir le coupé Mercédes. Vingt fois il s'est assis sur son fauteuil en guettant le téléphone désespérément muet. Il est près de vingt-deux heures quand la douce mélodie façon Beatles des grandes années, reprogrammée par Sabine, fait tressauter l'appareil.
— Mon chéri ?
Il pousse un soupir de soulagement. Les scénarios catastrophes, qu'il imaginait depuis des heures, se liquéfient et viennent inonder le tapis. Il patauge dans les flaques, mais trouve encore la force d'articuler :
— Mon amour, j'étais tellement inquiet. Où es-tu ?
— Enfin ! Cela fait plus d'une heure que j'essaye de te joindre. Ta ligne doit avoir un problème. Tu devrais faire attention. C'est chaque fois la même chose.

Faire attention à quoi ? Il a un bon vieux téléphone, ancien certes, mais qui fonctionne à la perfection, pas un de ces gadgets qui prétendent transmettre dans toute la maison des communications qu'ils ont beaucoup de mal à décoder et qui émettent des plaintes stridentes au moindre déclenchement d'un appareil ménager. Il n'a pas réchauffé son whisky au micro-onde et sa ligne n'a eu aucune raison d'être perturbée.
Il laisse passer l'avalanche, il a beau savoir que, pour Sabine, la meilleure défense c'est l'attaque, il se sent toujours coupable. Il ajoute timidement :
—Tout va bien ?
— Non !
La réponse est catégorique, elle poursuit dans la foulée :
— Rien ne va. Rien n'a été correctement étudié pour la décoration du stand. Le responsable du cabinet d'architectes est vraiment nul. Il a fallu tout reprendre. Nous y avons passé la journée. Jean-Paul était tellement content que j'aie rattrapé le coup qu'il a absolument voulu m'inviter à dîner. Je sais, nous devions dîner ensemble, mais je n'ai pas pu faire autrement, tu sais.
Il ne sait rien de plus, seulement que la soirée est fichue pour eux. Il a seulement noté que la jeune femme appelle Monsieur Jouhanneau par son prénom. Ce qui est bien cavalier vis-à-vis d'un client avec lequel ils ont déjeuné une fois à Cavalaire. Sabine l'a rencontré une seconde fois à l'occasion de la remise du devis pour la décoration du stand, mais à sa connaissance, rien de plus. Il en conclut que les ennuis rapprochent et que ceux rencontrés cet après-midi ont dû être bien sévères.

Sabine continue son monologue, il est des circonstances où elle excelle particulièrement dans ce genre de sport :
— Nous venons de manger un petit morceau sur le pouce…non, pas un restaurant, une petite brasserie à côté de l'expo…non pas celle-là, dans une petite rue, tu ne connais pas...
Décidément ils n'ont fait et rencontré que des petites choses ces deux-là ! Félicien tente de rassembler ses esprits submergés sous le flot de parole. Il pagaye ferme pour reprendre le contrôle du frêle esquif sur lequel il compte embarquer sa compagne pour finir la soirée :
— Tu arrives dans combien de temps ?
Avant la réponse, il prend déjà conscience de son inconséquence. La confirmation de ses craintes ne se fait pas attendre :
— Mais tu ne te rends compte de rien. Mon pauvre chéri !
Il se sent totalement démuni, plus pauvre qu'un sans job. Il s'est assis à même le sol, la stabilité du fauteuil lui paraissant insuffisante compte tenu de la situation. Il attend, résigné, il sait qu'il n'aura aucun répit. Quand le doigt est dans l'engrenage, il faut craindre pour ses orteils.
— Tu ne vois pas que je suis complètement vannée, lessivée. C'est bien simple, je tiens à peine debout. Il me reste tout juste assez de force pour rentrer à Saint-Germain et me mettre au lit. De plus il faut que je sois à la boutique de bonne heure demain pour préparer la livraison. Je sais que toi aussi tu dois te mettre en route pas trop tard. C'est bête que tu doives partir pour Cavalaire.

Tu est sûr que tu ne peux pas remettre. C'est vrai, j'oubliais, il y a la mise au point des nouvelles serres. Cela ne fait rien, nous nous verrons à ton retour. Mais oui, je te fais de gros, gros bisous. Amuse toi bien.
Clac, elle raccroche.
Félicien repose le combiné. À part deux mots à peine murmurés et trois onomatopées, il n'a pas pu placer une phrase. Il a pris soin de rester près de la table basse du salon. Il tend le bras et termine son verre.
Ce n'est qu'une demi-heure plus tard, alors qu'il rassemble ses affaires en vue de son départ le lendemain matin, qu'il s'aperçoit qu'il n'a pas les clés de la villa de Cavalaire. Sa voiture est rapide, mais il a prévu une escale à Lyon et il risque d'arriver fort tard à destination. Il lui sera difficile de réveiller le jardinier qui possède une clé mais habite à plusieurs kilomètres de la maison. Après bien des hésitations, il appelle Sabine sur son mobile. Elle doit être encore en route et possède un mains-libre dans sa voiture. Son numéro n'est pas joignable. Soit elle est dans une zone sans couverture, soit elle est déjà arrivée et a déconnecté son appareil comme elle le fait chaque soir en rentrant. Un quart d'heure plus tard il rappelle. Le mobile ne répond toujours pas. Il essaye le téléphone fixe de la maison. À la douzième sonnerie, il raccroche. Après quatre essais infructueux, il n'y tient plus. Sabine se disait très fatiguée, près de deux heures se sont passées depuis son dernier appel. Il prend sa voiture et fonce à Saint-Germain.
Parvenu à destination, il arrête un peu avant le portail. Une lumière est allumée à l'étage, il se sent un peu ras-

suré. Toutefois il sait que souvent Sabine laisse volontairement une lumière quand elle sait devoir rentrer tard dans la nuit. D'habitude, c'est celle du salon ? ce soir c'est la lumière de la chambre qui brille derrière les rideaux tirés. Il s'avance jusqu'au portail. Devant le garage, dans l'allée, brille doucement sous la lumière diffuse de la lune, une Jaguar blanche, immatriculée en Gironde.

Rentré chez lui, Félicien n'a aucun mal à retrouver une photo datant de leurs dernières vacances où ils se trouvent admirer, à la suite d'un bon repas, devant le perron de Cavalaire, une splendide Jaguar blanche, immatriculée en Gironde.

— Ce n'est pas la peine d'ouvrir les portes une heure plus tôt pour le dernier jour d'installation si l'électricité n'est pas disponible avant huit heures comme les autres jours.

— C'est souvent le cas quel que soit le parc d'exposition. À nous de nous débrouiller.

Marc approuve son confrère, chargé de l'installation du stand voisin de celui des Laboratoires Jouhanneau, et qui peste de voir son équipe immobilisée faute de courant électrique.

— Il faudra en parler ce soir à la réunion générale. Toi, Marc, tu es bien placé pour intervenir. Tu connais personnellement le directeur, je crois ?

Marc acquiesce. Oui, il le connaît, bien que ce soit surtout un ami de son associé. Il promet d'aborder le sujet ce soir.

— Au fait, c'est à quelle heure ?
— La réunion ? …à dis-sept heures, au commissariat général de l'expo, sur la galerie.

L'électricité est rétablie à cet instant, Marc bougonne un merci rapide et entreprend de faire le tour de son stand. Un quart d'heure plus tard, satisfait de l'ensemble, il se promet toutefois de repasser en fin de journée pour juger de la décoration florale, celle-ci n'étant toujours pas en place. Décidément, pense-t-il, il n'est jamais bon de mélanger amour et travail. Il se dirige vers l'autre extrémité du hall où l'attendent les équipes de ses autres chantiers. Il se promet de repasser en fin de journée. En chemin, il repense aux quelques bribes de la conversation entre Jean-Paul et la "responsable" du fournisseur des fleurs et dont il a été le témoin involontaire. Après tout, cela ne le regarde en rien. Sur le plan travail, ce n'est pas lui qui est en charge de la déco, et sur le plan personnel, Jean-Paul n'est que son client et il ne connaît même pas l'autre personne. Il n'empêche qu'inconsciemment, arrivé sur le premier chantier, sa mauvaise humeur est si évidente dans ses propos que deux de ses plus anciens compagnons, décapsulant chacun leur cannette de bière, viennent trinquer sous son nez en s'écriant :
— Aux jours meilleurs !
Marc les regarde un instant, interloqué. Ils partent tous trois dans un grand fou rire.

La matinée est bien avancée quand Sabine gare sa voiture sur le parking exposants. Un bolide blanc se glisse en douceur sur la place voisine, le conducteur descend vivement et ouvre la portière de Sabine. Celle-ci le remercie d'un sourire. Jean-Paul la regarde s'extraire avec désinvolture du coupé deux places, sa nouvelle compagne a vraiment des jambes extraordinaires. Ils partent tous deux vers le grand hall, côte à côte mais sans plus, les parkings sont si souvent fréquentés par des malveillants et Jean-Paul connaît tellement de monde dans le milieu médical. Arrivé sur le stand, force est de constater que celui-ci est parfait. Seul petit bémol, il manque de fleurs. Un nouveau sourire de Sabine et le soleil inonde le paysage, cela ne suffit-t-il pas ? Bien entendu, demain elle ne sera pas là, mais les fleurs, elles, le seront. C'est juré et re-juré. Elle préfère cette formule, car elle fait à présent partie d'un monde où l'on ne projette pas sa salive à même le sol. Jean-Paul n'en demande pas tant pour être satisfait et, le stand étant encore désert, il pense que le petit local servant de réserve pourrait bien se révéler comme le lieu le plus idyllique pour un dernier baiser. Il ouvre doucement la porte et invite d'un geste Sabine à entrer. Encore une fois, elle le remercie d'un sourire, entre, pose son sac sur l'étagère et ressort tout aussi rapidement, son mobile à la main :
— Il faut que j'appelle Marc !
Et comme Jean-Paul la regarde, les yeux ronds, elle explique :

— Je dois reprendre Julien ce soir. Je l'avais confié à Marc pour le week-end. Pour que nous ayons du temps à nous.

Jean-Paul se remémore leur soirée de la veille… et son heureuse conclusion. Au petit jeu du chat et de la souris, il commence à se demander qui est le chat…et qui est la souris.

Le mobile de Marc ne répond qu'à la huitième sonnerie, ce qui laisse à Sabine tout le loisir de se briser un ongle en tambourinant sur le comptoir d'accueil.

— Allô, c'est toi ?

Le ton est rageur, la jeune femme essaye désespérément de sectionner le débris d'ongle avec ses dents.

— Ici Marc Lemarchant, j'écoute

Il sait que ce type de réponse l'horripile mais après tout, quand on appelle un mobile, il est rare que ce soit le voisin d'en face qui réponde et de plus il est sûr qu'elle reconnaît parfaitement sa voix.

— Je n'ai pas le temps de plaisanter, il faut qu'on se mette d'accord pour que je récupère Julien ce soir.

Marc pousse un soupir, pour son ex, Julien sera toujours le pauvre naufragé qu'elle "récupère" après chaque engloutissement dans l'océan de turpitudes de la vie de son père.

— Comme tu veux, je serai tout l'après-midi au parc des expositions. Je te le dépose chez toi ?

— Pas la peine, je serai dans le quartier, attends moi à cinq heures dans le hall d'accueil. Et ne me fait pas attendre, je serais pressée. Salut.

Elle coupe son téléphone. Le sourire qu'elle adresse à Jean-Paul anesthésie totalement son bon sens et fait disparaître toute trace du souvenir de l'étrange conversation à laquelle il a assisté. Il partent tout deux déjeuner.
L'expo connaît un moment d'accalmie, ceux des ouvriers qui ne sont pas partis déjeuner dans un des restaurants d'alentours ont sorti leurs sandwichs et se regroupent dans les coins tranquilles. Plus personne ne circule dans les allées quand une tornade s'abat sur le comptoir d'accueil du stand Jouhanneau.
— C'est là, c'est là, c'est là.
Marie-Do tambourine sur le comptoir d'accueil du stand qui résonne comme un tambour.
— Maman, maman, viens vite, c'est hyperchouette.
Celle-ci, accompagnée de Greta, n'a pas encore parcouru la moitié du chemin depuis la porte principale et elle se hâte, davantage pour faire cesser le vacarme déclenché par sa fille que par désir d'arriver plus tôt. Elles ont déjeuné toutes les trois dans la brasserie qui fait l'angle de la place et pour être certaine d'avoir de la place, Anne-Marie s'est arrangée pour arriver un peu avant midi. La salle s'est rapidement remplie et le service a été particulièrement rapide. Il y a des jours comme cela où, de la prise de la commande à l'addition, tout se déroule en accéléré. Tous les plats portés au menu sont encore disponibles, les assiettes se succèdent, les serveurs devancent le moindre des désirs des clients et pour finir, le sucre à peine plongé dans la tasse de café, la note flotte déjà dans une soucoupe encore humide. Il ne reste plus qu'à lâcher la petite cuillère pour se précipiter sur son porte-

feuille, à la recherche de sa carte visa. Il ne saurait être question de faire attendre des gens par ailleurs si diligents. Après le quart d'heure passé debout à attendre son vestiaire, priorité aux arrivants, il vous reste l'immense satisfaction de sortir parmi les premiers d'un établissement qui sait si bien gérer le principe des vases communicants : sitôt sorti, sitôt rentré !

— Y-a un petit coin dans ton bazar ?

La mère, prise de court par la question de la fillette, regarde désespérément le stand qu'elle découvre en même temps qu'elle. Réflexion faite, il ne semble pas réaliste d'espérer trouver des toilettes au beau milieu d'un hall, même si le stand est l'un des plus prestigieux de l'expo. Greta part donc à la recherche d'un de ces coins si spécifiques. Marie-Do la suit en sautillant. Restée seule, Anne-Marie feuillette distraitement les dossiers posés en vrac sur la table basse. Un document retient son attention. Il s'agit du double de la commande de l'installation complète du stand. L'en-tête ne laisse aucun doute :
"Etienne Rimbaud & Marc Lemarchand"
    "Architectes-décorateurs"

La jeune femme sent son pouls accélérer sa cadence. Il y a un papier posé bien en évidence sur le comptoir d'accueil; c'est Jean-Paul qui la prévient qu'il repassera sur le stand vers quatre heures, il a rendez-vous avec l'installateur avant de repartir pour Bordeaux. Le pouls se met à battre le béton, faute de trouver la campagne. Elle n'a pas revu Marc depuis qu'elle a quitté le gîte en Bretagne. Le revoir, le soir-même, l'angoisse. D'autant plus qu'elle se rend bien compte quels souvenirs cette perspective fait naître en elle. Depuis le mois d'août, Marie-Do lui a parlé souvent de Julien, elle n'a rien compris à la situation et reste persuadée que, si elle n'en a aucune nouvelle, la faute en est à leur escapade dans le grenier des *Menhirs*. La dernière fois où elle a vu Julien, c'était après ce terrible orage et elle en a gardé une grande frayeur. Parfois, la nuit, sa mère doit venir la rassurer, après quoi, elles évoquent ensemble tous les bons moments de ces vacances si mal terminées. La fillette a plusieurs fois raconté à sa mère ce que lui a dit le garçon sur sa vie, partagé entre ses parents. Y compris le week-end mensuel passé chez son père et qui se multiplie souvent par deux, voire par trois. Anne-Marie se dit qu'elle s'est un peu précipitée en accusant trop vite Marc de lui avoir menti. Le revoir ce soir commence à lui paraître plus séduisant. Sur ces entrefaites, arrive Jean-Paul et une jeune femme qu'elle ne connaît pas.

— Anne-Marie, je vous présente Sabine. La décoration florale, c'est elle.

Anne-Marie salue la jeune femme; en principe, elle n'aura pas affaire à elle et n'y porte pas intérêt. Sabine s'est éloignée pour vérifier que tout est prêt à recevoir l'installation de ses œuvres florales. Jean-Paul en profite pour donner quelques instructions de dernières minutes.

— Je vous confie le bon de commande des fleurs, vous vérifierez si tout est parfait.

Anne-Marie lit l'en-tête du document, elle a un léger sursaut de surprise et ose la question qui lui brûle les lèvres.

— C'est le même nom que l'architecte. Ils sont parents ?

— C'est sa femme. Bon, je vous laisse, j'ai un confrère à voir. N'oubliez pas de m'envoyer votre fille et Greta dans le hall pour cinq heure.

Quand Marie-Do revient en courant, laissant Greta loin derrière. Elle trouve sa maman assise sur le rebord d'un futur bac à fleurs, perdue dans ses pensées, un sourire mélancolique sur les lèvres. Mais l'ange qui flotte dans son regard a une aile cassée.

Mamy Simone n'en peut plus. Depuis une demi-heure, avec Julien, elle tourne dans l'expo à la recherche de son fils. Ils finissent par le découvrir dans un tout petit stand perdu dans le fond du hall. Marc n'a pas eu le temps d'aller déjeuner. Rien ne va vraiment comme il le souhaiterait et, bien que cela soit parfaitement normal et se reproduise lors de chaque manifestation à laquelle il participe, il est de mauvaise humeur. Mamy Simone devait venir avec Julien pour quinze heures et il est déjà près de seize heures trente. Julien ne verra que le stand sur lequel il travaille en ce moment. Il regrette de ne pas avoir le temps de lui montrer le plus beau, celui des Laboratoires Jouhanneau. À cause de la réunion à laquelle il doit participer, il ne peut accompagner son fils jusque dans le hall où sa mère doit le prendre. Mais de cela, il n'en est pas trop mécontent, la désinvolture de Sabine le choque toujours. Mamy Simone se charge de raccompagner le jeune garçon. Ses relations avec son ex-belle fille sont un peu meilleures depuis que Sabine a quitté son fils. Tout danger est écarté !

Quand Marc sort de la réunion, deux heures plus tard, il lui reste juste le temps de passer rapidement sur le stand des Laboratoires Jouhanneau. Deux livreurs finissent de déposer les fleurs et les plantes. Il reste un temps avec eux et les guide un peu de ses conseils pour la disposition. Il s'étonne de ne voir aucun responsable de l'entreprise, mais comme il n'y a également personne des Laboratoires Jouhanneau, il repart. Et le salut désinvolte qu'il adresse aux deux livreurs qui terminent leur tâche évoque furieusement un désintéressement total de la situation.

Il ne peut pas savoir qu'Anne-Marie a précipitamment quitté les lieux dès qu'elle l'a aperçu, au bout de l'allée, se dirigeant vers son stand.

Il est cinq heures pile quand Julien et sa mamy arrivent dans le hall d'accueil. Mamy Simone trouve un banc et s'apprête à passer la nuit. C'est du moins ce qu'elle se promet de dire à son ex-belle-fille lorsque celle-ci daignera paraître avec son heure de retard habituelle. Julien furète de droite et de gauche jusqu'à ce qu'il se fige, les yeux fixés sur un mirage qui surgit en trombe du tourniquet de contrôle de la partie expo.

Marie-Do a stoppé les machines au milieu de l'immense espace. Nullement essoufflée, elle descend du rapide. L'intendance, en l'occurrence Greta, suit avec l'omnibus. Elle peut poser ses valises sur le quai. Le geste est précis, mais les valises, c'est Greta qui les a. Elle s'apprête à faire deux tours sur elle-même, afin de choisir sa prochaine destination, mais à peine le premier quart entamé, elle s'arrête et plaque ses deux mains sur ses oreilles. La cinquième de Beethoven vient d'éclater et submerge tout l'amphithéâtre. Autour d'elle, personne n'a l'air de faire attention à ces énormes vagues musicales qui emportent la fillette sur les flots d'un rêve évanoui et qui renaît des cendres d'un brasier encore tiède.

Dans les premières minutes, ils ne se sont rien dit. Marie-Do a pris la main de Julien, comme s'ils s'étaient quittés de la veille. Rien n'est compliqué dans le cœur d'un enfant, et l'instant qui passe mérite qu'on le vive au travers de tout ce qu'il apporte. À présent, assis côte à côte sur une marche, ils se regardent simplement, heureux chacun de la présence de l'autre. Les bottes et les souliers, qui escaladent ou descendent l'escalier en contournant le fragile obstacle de la mince silhouette qu'ils forment sur la première marche, ne se doutent pas qu'ils frôlent un abîme dans lequel se perdent et se retrouvent les deux enfants.

Greta admire de loin le petit couple. Elle ne connaît pas le garçon et depuis trop peu de temps la fillette pour que celle-ci lui en ait parlé. Les deux visages qui se souriient la fascinent.

Mamy Simone n'a pas assisté à la rencontre. Elle regardait ailleurs, cherchant des yeux à percevoir l'hypothétique arrivée de Sabine. Ne voyant plus le garçonnet, elle s'est remise debout. C'est dans cette position que la stupeur la saisit. Incrédule, elle refuse de croire à la coïncidence qui met en présence les deux rescapés de l'orage. Car c'est à cela qu'elle pense en tout premier lieu. C'est la dernière fois où elle a vu la fillette et son souvenir en reste gravé dans sa mémoire. Elle a également remarqué la présence de la jeune fille qui s'est approchée des enfants et semble connaître la fillette.

Marie-Do et Julien se sont rapprochés, comme pour retrouver les sensations de leur dernière rencontre, lorsqu'ils étaient blottis l'un contre l'autre dans l'étroit abri d'un certain grenier. Elle a passé son bras sur les épaules de son petit compagnon. Lui, il a mis sa main dans la main de son amie. Marie-Do n'arrête pas de parler, il lui répond par quelques mots, une mimique, parfois par un grand éclat de rire qu'ils partagent avant de reprendre tranquillement le cours de leur petit moment de bonheur. Les minutes qui passent peuvent bien jouer à l'élastique et grignoter les heures de demain, le temps, pour eux, est unique. Leur monde n'a ni début ni fin, il est.

Mamy Simone s'est approchée de Greta et la questionne adroitement.

— Ils sont mignons… on croirait qu'ils se connaissent depuis toujours.

— Je n'ai jamais vu ce garçon. Nous venons de Bordeaux…ils se sont peut-être rencontrés là-bas. C'est votre petit-fils ?

— Oui, mais nous sommes de Paris et il n'a jamais mis les pieds à Bordeaux.

C'est volontairement qu'elle n'a pas prononcé le prénom de Julien.

Jean-Paul arrive le premier, Sabine et lui ont pensé préférable de ne pas se présenter ensemble. D'autant plus que Sabine s'attend à rencontrer Marc venu accompagner Julien.

Jean-Paul ne connaît ni Mamy Simone ni Julien. Il hèle de loin Greta. Celle-ci saisit la main de Marie-Do.

— Dis vite adieu à ce charmant petit bonhomme. Il ne faut pas faire attendre le patron.

Elle entraîne la fillette.

Julien la regarde partir, impuissant.

Sabine pointe son nez sans rien remarquer, les enfants sont déjà séparés et de plus, Julien ne lui en a pas parlé. Pour la bonne raison qu'il ne dit jamais rien à sa mère de ses activités lorsqu'il est avec son père. Après un rapide bonjour à son ex-belle-mère, à laquelle elle ne laisse pas le temps de lui faire remarquer son retard, elle entraîne également Julien vers la sortie.

Dans le parking, tous se retrouvent devant les deux véhicules. Jean-Paul et Sabine n'échangent aucune parole, feignant de ne pas se connaître.

Les deux enfants se regardent une dernière fois. Que savent-ils, qu'ignorent les adultes, pour que le petit signe discret, échangé du bout de leurs doigts, ne soit pas un adieu.

XXI

Marc repose le téléphone. Cela fait trois fois que Sabine l'appelle cette semaine. Son bureau est surchargé de dossiers, en plus de ses propres affaires, c'est lui qui se charge de régler celles d'Étienne, son associé qui est à La Réunion. Le voyage s'est décidé rapidement, le projet de décoration de l'intérieur d'un grand hôtel en cours de rénovation étant en jeu et Étienne n'a pas eu le loisir de boucler certains dossiers en cours. Malgré tout, il a quand même décidé de joindre l'utile à l'agréable en prolongeant son séjour d'une semaine par une petite balade touristique. Marc sait bien qu'il n'est pas parti seul. Quelque temps auparavant, Étienne lui avait présenté une jeune et charmante infirmière rencontrée par hasard à l'hôpital alors qu'il passait une simple radio de contrôle. Cécilia était justement d'origine Réunionnaise, elle revenait d'un pays perdu d'Afrique où elle avait secondé un anesthésiste dans le cadre d'une opération humanitaire. Elle attendait un poste d'assistante dans un hôpital de province et était provisoirement à Paris. Étienne, dont les relevés bancaires lui rappelaient chaque mois les dangers d'un engagement raté mais hélas légal et prolifique, était un célibataire convaincu. L'occasion était trop belle et de plus, c'est Cécilia qui l'avait mis sur l'affaire de l'hôtel de la Réunion, son père en étant un actionnaire important. Marc en est là de ses réflexions quand la secrétaire lui annonce un quatrième appel de son ex. C'en est trop, il fait répondre qu'il est absent. Il se penche à nouveau sur les dossiers d'Étienne, force lui est de constater qu'ils sont impeccables, nets, précis. Son associé est un vrai pro des affaires. Il l'a toujours su, depuis leurs premiers contacts, sur les bancs de l'école d'architecture. Ils ont ainsi l'habitude, l'un et l'autre de dire qu'ils se sont connus sur les bancs de l'école. En réalité, lorsqu'ils préparaient leur diplôme, les sièges des salles de travaux pratiques et des amphithéâtres pouvaient difficilement passer pour des "bancs". Mais le terme leur plaisait, peut-être regrettaient-ils de ne pas s'être rencontrés à la maternelle ?

— Arthur, au téléphone.

C'est la secrétaire qui claironne depuis son bureau.

Marc décroche son appareil

— Salut Étienne, fait beau à la Réunion ?

Eh oui, Étienne s'appelle Rimbaud, alors tout le monde l'appelle Arthur, quand il n'est pas là bien sûr.

Sabine enrage. Elle est certaine que Marc est à son bureau, mais qu'il refuse de lui répondre. Elle est rentrée directement chez elle, dimanche soir en quittant le hall d'exposition avec Julien. Félicien ne supporte pas trop Julien toute la semaine. Ils se voient donc tous les week-ends à Rambouillet. Le reste de la semaine, elle reste à

Saint-Germain avec Julien. Lundi, jour de fermeture de la boutique, elle déjeune toujours avec Félicien. Mais hier, celui-ci s'est décommandé sans fournir de raisons précises. Aujourd'hui, elle est d'une humeur massacrante, la fin de journée approche et Félicien ne l'a toujours pas rappelée. Elle a cru discerner qu'il mettait une certaine distance dans sa conversation de la veille, mais, honnêtement, elle n'en voit pas la raison. Sa seule réaction étant de se dire : quelle mouche le pique. Et si, de plus, Marc s'en mêle ! On ne peut jamais compter sur les hommes, surtout quand on en a besoin. Et aujourd'hui, elle a besoin de Marc. Pas pour elle se dit-elle, mais pour Julien. Depuis son retour du dernier week-end chez son père, il est d'un calme inquiétant, proche de l'aphasie. C'est habituellement un petit bonhomme actif, sans excès, mais toujours prêt à faire une bonne petite niche comme se glisser dans la chambre de sa mère pour mettre son lit en portefeuille. Hier soir, avant le dîner, alors que Sabine digérait mal son rendez-vous manqué d'avec Félicien, Julien l'avait entraînée dans une discussion sans fin sur les orages. Il ne manifestait pas de frayeur, mais il voulait savoir si les éclairs pouvaient réellement donner des pouvoirs magiques aux gens qu'ils touchaient. Il avait vu ça dans un dessin animé. Sa maman avait eu beau prétendre que seule les fées et leurs baguettes pouvaient éventuellement faire quelque chose de ce genre, il avait haussé les épaules et s'était renfermé dans sa rêverie. À présent, allongé sur son lit, il consultait le calendrier des postes, pointait des dates en marmonnant. Un peu plus tard, il faisait de grands gestes,

éclatait brusquement de rire, et ses lèvres bougeaient, comme s'il était en pleine conversation avec un auditeur invisible, mais aucun son ne sortait de sa bouche.
À la cinquième tentative, Marc répond.
— Ce n'est pas trop tôt, je ne sais plus quoi faire, ton fils est complètement neu-neu depuis que tu me l'as rendu.
Sabine explique la situation, à sa manière.
— Tu ne sais pas t'occuper de ton fils, il a dû se gaver de documentaires effrayants ou de dessins animés idiots. Ou bien, il a mangé quelque chose qui n'a pas passé. De la choucroute, je suis sûre que c'est la choucroute, Julien ne la digère pas, tu le sais très bien.
Elle sait aussi que Marc adore la choucroute.
— Mais non, il n'en a pas mangé et rien d'autre qui aurait pu lui faire du mal. Il est peut-être juste un peu fatigué de tous ces allers-retours entre nous.

Marc n'insiste pas plus sur les nombreuses fois où Sabine, sous un prétexte quelconque, l'appelle en catastrophe pour qu'il vienne le chercher. Depuis le retour de vacances, Julien a passé plus d'un week-end sur deux avec son père. Sans compter les nombreuses soirées où celui-ci a joué les baby-sitters. Marc sait que Julien s'ennuie souvent chez sa mère, il tente de la rassurer :
— Ne t'inquiètes pas, il s'ennuie tout seul, alors il cherche un nouveau jeu. Il faut bien qu'il s'amuse.
— Oui, eh bien moi, ça ne m'amuse pas du tout. Il est toujours dans mes pattes mais tellement transparent que parfois je bute dedans sans le voir. Je voudrais bien t'y voir. Tu pourras en juger par toi-même, tu le prends vendredi prochain, j'ai à faire.

Marc repose l'appareil. Il est toujours ravi d'avoir son fils avec lui, mais la désinvolture de son ex le surprend à chaque fois et l'agace. Il avait compté sur son prochain week-end pour mettre ses dossiers à jour et rattraper le retard dû à l'absence d'Étienne, et comme il a prévu deux rendez-vous le samedi, il faudra encore qu'il mette sa mère à contribution. De ce coté, pas de problème, Mamy Simone raffole de son petit-fils. Même s'il pense que Sabine s'affole pour rien, il est bien forcé de reconnaître que l'attitude de Julien a changé depuis quelque temps. Lui aussi l'a trouvé plus lointain, plus rêveur. De plus, il ne parle pratiquement plus de Marie-Do alors qu'il n'arrêtait pas de l'évoquer depuis leur retour de Bretagne. Cela fait bien deux semaines qu'elle paraît s'être évaporée. Marc n'y avait pas porté attention jusqu'à ce jour. À présent il se souvient d'une réflexion récente de son fils : d'habitude c'était toujours des "Marie-Do avait pensé..." ou "Marie-Do faisait...", mais la semaine dernière, alors qu'il s'apprêtait à se coucher, le samedi soir, il lui a demandé quel jour on était le lendemain, il lui a répondu : dimanche. Julien s'est retourné sur le coté, dans son lit en murmurant : "c'est vrai, Marie-Do me l'a dit". À quoi pouvait bien penser Julien à cet instant, son père n'en a aucune idée, mais après tout, les enfants ne vivent pas toujours au présent mais se construisent souvent leur petit monde.

La secrétaire claironne de nouveau, depuis son bureau :
— Marc ?... téléphone...l'affaire Bosquet.
— Je prends.

Marc décroche l'appareil en pensant : samedi, je l'emmènerai à la Géode, il adore ça.
— Oui, Monsieur Bosquet, le devis est prêt…
À peine a-t-il posé le téléphone qu'il recherche fébrilement le dossier Bosquet sur son bureau. Il lui faudra bien l'après-midi pour établir le devis.
Quand il a terminé, il a oublié l'appel de Sabine.

Depuis le début de la matinée, c'est la seconde fois qu'Anne-Marie surprend sa fille en grande conversation avec un interlocuteur invisible. Comme à son habitude, la fillette appuie ses paroles par de grands gestes. Elle marche de long en large dans sa chambre en s'adressant, quelle que soit sa position, au mur qui lui fait face. À certains moments, elle s'approche de l'armoire et chuchote un secret, à d'autres, elle éclate de son grand rire frais et sonore. Elle fait face à la porte quand sa mère, qui l'observait depuis quelques minutes, l'entrouvre doucement.
— Tu parles toute seule ma chérie ?
— C'est Julien, il est dans la penderie.
Elle dit la chose sérieusement et ouvre la porte du meuble. Elle brasse ses vêtements suspendus à la tringle et constate avec un large sourire :
— Tiens, il est parti…tu lui as fait peur.

Puis, apercevant une ombre d'inquiétude sur le visage de sa mère, elle ajoute, avec un grand salut de princesse :
— C'est pour l'école…tu sais…le spectacle de fin d'année, je répète.
Elle enchaîne
— Qu'est-ce qu'on fait pour Noël ?
— La fête
Sa mère a répondu du tac au tac, elles éclatent de rire en même temps.
— On pourrait aller à Concarneau, ça serait chouette, j'ai deux semaines de vacances.
— Toi, tu as deux semaines de vacances, mais pas moi. Il y a trop peu de temps que je travaille chez Jouhanneau pour déjà demander des congés…et puis en plein hiver, la Bretagne, ce serait peut-être moins "chouette" que tu ne le penses.
Marie-Do prend sa mine boudeuse. Elle relève à peine la tête et regarde sa mère avec deux grands yeux tristes. Anne-Marie résiste désespérément à l'envie de prendre sa fille dans ses bras en lui promettant les monts et merveilles de Bretagne. Malheureusement, elle sait très bien qu'elle ne peut pas envisager une absence du labo aussi longue. Tout juste pourra-t-elle obtenir de passer le jour de Noël avec sa fille, mais elle devra assurer la permanence pour le premier janvier. Elle doit expliquer à Marie-Do que, dans la recherche, certaines expériences demandent une surveillance quotidienne. Au mieux, elle espère avoir quelques jours de congé à passer avec elle pour les vacances de Pâques.

Un peu plus tard, dans la chambre de sa fille, Anne-Marie ouvre la penderie. Au beau milieu, trône la petite chaise que celle-ci utilisait jusqu'à l'âge de cinq à six ans. Depuis, devenu bien trop petit pour elle, le siège avait été relégué au grenier. Le voir à nouveau dans la chambre de la fillette, et surtout dans la penderie, paraît très surprenant, d'autant plus que le dessus de paille est à présent recouvert d'un joli petit coussin prélevé sur le canapé du salon. Anne-Marie esquisse un sourire, puis elle se pose quand même la question de savoir pourquoi sa fille cache ainsi la chaise. Pour atteindre plus facilement la planchette du dessus, mais alors pourquoi le coussin ? de toute façon, les deux rayonnages, qui garnissent le meuble au-dessus de la partie penderie, ne contiennent que des couvertures et des draps de rechange. Comme Marie-Do est particulièrement réfractaire à la simple idée de faire son lit chaque matin, il est peu probable qu'elle s'intéresse aux niveaux élevés de sa penderie. La maman croit avoir trouvé, sa fille utilise les piles de couvertures, auxquelles on ne touche que rarement, comme cachette pour ses petits secrets d'enfant. La curiosité aidant et, comme chacun le sait, la curiosité étant le moteur de la découverte, Anne-Marie entreprend les recherches.

— Tu fais ton grand nettoyage de printemps en hiver ?
— Ah, c'est toi…tu m'as fait peur.

La jeune femme s'est retournée brusquement, en bafouillant comme une collégienne prise en faute.

— Tu cherches quelque chose ?

Marie-Do n'est pas dupe et sa mère s'en aperçoit, ce qui la met encore plus mal à l'aise.
— Je faisais juste l'inventaire des couvertures supplémentaires. Il y en a bien assez.
— Surtout qu'on n'utilise que des couettes… et avec ta manie de pousser le chauffage en prévision des nuits froides, on ne risque pas d'avoir les pieds gelés.
Manifestement, la gamine se délecte de l'embarras de sa mère, elle poursuit :
— Tu devrais faire poser un thermostat, tu gagnerais un fric fou. Et avec les économies, tu m'achèterais des bonbons.
— Mais, tu n'en manges jamais
— Eh ben…ça fera double économie !
Anne-Marie se retient de rire, mais sa fille rigole franchement. Et soudain, redevenue sérieuse :
— Tu sais, maman, je ne cache rien dans la penderie.
Et comme sa mère reste bouche bée, elle ajoute :
— La petite chaise, c'est pour le grand secret.
Sur ce, elle lui adresse un grand sourire, sort de la chambre et descend l'escalier.
Plus tard, Anne-Marie la retrouve dans la cuisine, occupée à manger une grande tartine de confiture. Celle-ci l'interpelle, la bouche pleine :
— N'oublie pas…à Pâques…la Bretagne.
Et elle continue de manger. La tartine de confiture, pour Marie-Do, c'est sacré.

XXII

Le bureau est en effervescence, Marc vient de boucler un dossier important, il le remet à Jeanne, sa secrétaire, avec ses dernières instructions. Puis, sans transition :
— Je file, il ne faut pas que je rate l'arrivée de l'avion d'Étienne. Il atterrit à seize heures dix.
Le téléphone retentit, Jeanne prend la communication et lui tend l'appareil :
— C'est Monsieur Bosquet.
Marc réprime un geste d'impatience et s'en empare.
— Oui…bonjour, Monsieur Bosquet…
Après les civilités d'usage, la conversation s'éternise, l'heure tourne, Marc ne tient plus en place. Enfin il peut conclure :
— Entendu, Monsieur Bosquet, mon associé rentre aujourd'hui, en fin d'après-midi. Nous voyons cela ensemble et je vous rappelle demain matin. Bien sûr, sans faute.
Il enfile son caban en dévalant l'escalier. L'avion arrive à Roissy, avec les difficultés de circulation prévisibles

sur le périphérique, il a tout juste le temps nécessaire pour ne pas faire attendre Étienne plus d'une demi-heure.

Cela fait trois fois qu'Anne-Marie examine le panneau d'affichage des arrivées. Ce n'est pas la saison des vacances et le hall de Roissy est quasi-désert en ce milieu d'après-midi. Elle cherche l'avion en provenance de Düsseldorf. Jean-François, lorsqu'il l'a quittée, il y a une heure, lui a bien dit qu'il se rendait à Roissy pour y récupérer un collègue de retour d'un colloque à Düsseldorf. Il était pressé, l'avion arrivait peu après seize heures.

Depuis un mois, un grand groupe chimique, important fournisseur du labo, avait prévenu qu'il organisait un séminaire d'information à l'attention de ses principaux partenaires. Anne-Marie avait reçu une invitation. La manifestation se tenait sur deux journées avec un cocktail prévu le soir du premier jour. Elle connaissait bien ce genre d'événements qui ont plus l'aspect d'opération de pure communication que de véritable réunion d'information technique. Néanmoins, Jean-François, devant faire partie du voyage, elle avait accepté l'invitation. Dès le matin de leur arrivée à Paris, la réunion se tenant au Palais des Congrès de la Porte Maillot, son ami l'avait prévenue qu'il devait écourter son séjour. Il devait, en effet, prendre un de ses collègues, de retour d'Allemagne, à Roissy et ils devaient tous deux rentrer à Bordeaux le soir-même par le TGV de dix-neuf heures quinze. Anne-Marie trouvait Jean-François bizarre depuis qu'elle lui avait fait part de son acceptation de l'invitation pour le séminaire. Il lui avait semblé qu'il n'appréciait pas de la voir se joindre à lui pour ce voyage. Elle avait quitté discrètement la réunion quelques minutes après lui. À présent, force lui était bien de reconnaître qu'il n'y avait aucun avion en provenance de Düsseldorf, ni d'Allemagne d'ailleurs, dont l'arrivée était prévue dans les deux prochaines heures. Le seul vol programmé à seize heures dix était celui qui est en provenance de l'île de La Réunion. Comme elle se dirigeait vers le hall d'arrivée, elle aperçut Jean-François qui attendait devant la sortie réservée aux voyageurs. En se dissimulant à demi derrière un pilier, elle ne pouvait que constater que son ami ne semblait pas s'inquiéter qu'il n'y eut pas de vol en provenance de Düsseldorf. Au même instant, le panneau d'affichage annonçait trente minutes de retard pour le vol de La Réunion.

Le premier regard de Marc, en arrivant dans le hall des arrivées, fut pour l'immense panneau d'affichage. Il avait vingt minutes de retard et fut immédiatement rassuré, avec le temps nécessaire pour récupérer les bagages, Étienne ne serait pas là avant un bon quart d'heure. Il décida donc de prendre un café au bar tout proche. Ce faisant, il frôla un pilier derrière lequel se dissimulait une silhouette féminine dont le visage fut brusquement masqué par la revue qu'elle tenait à la main. Il passa sans se retourner, par discrétion et s'en fut vers le bar en esquissant un petit sourire. Il pensait, sans le connaître, à un homme qui aurait peut-être une mauvaise surprise à son arrivée. Quand il se retourna, après avoir commandé son café, il n'y avait personne auprès du pilier.

Une bonne demi-heure plus tard, Anne-Marie, qui avait changé de pilier après le passage de Marc, contemplait toujours alternativement, avec stupeur, les deux hommes de sa vie.

Étienne, Cécilia accrochée à son bras, franchit le passage d'arrivée, noyé dans la foule des voyageurs. Marc, qui l'a aperçu depuis le bar, quitte son siège et s'avance en faisant signe de loin. Jean-François, après un instant d'hésitation à la vue de Cécilia pressée contre son compagnon, se place devant le couple. La jeune femme, nullement gênée, fait les présentations entre les deux hommes. Marc survient sur ces entrefaites et c'est au tour d'Étienne de faire connaître celui-ci aux deux autres. La scène a toutes les apparences de retrouvailles entre amis. Anne-Marie assiste de loin à ce qu'elle pourrait prendre pour des effusions. Marc fait la bise à la jeune femme qui passe ensuite entre les bras de Jean-François qui l'étreint longuement. Elle est complètement perdue. Elle ne connaît ni Étienne ni Cécilia, de plus elle se croit le seul lien possible entre Marc et Jean-François. Mais les deux hommes n'ont aucune raison de se connaître, alors, quel est ce complot ? ils trament quelque chose, et elle ne peut en être que la victime. Et cette femme que Jean-François dévore des yeux sans lui lâcher la taille ? À la limite, cela ne lui fait pas grand-chose, à part un peu de dépit. Mais Marc, qu'a-t-il a faire dans cette embrouille.

Pour un peu, elle le trouve bien admiratif devant la jeune femme. C'est insupportable.
Les quatre se séparent. Les uns partant vers la station de taxis, Marc et l'autre homme se dirigeant vers les ascenseurs conduisant aux parkings souterrains.
Anne-Marie regarde s'éloigner Jean-François qui ne quitte pas la fille, car c'est devenu "la fille" dans ses pensées. Pas de pitié envers l'ennemie. Omnubilée par cette vision et sans y prendre garde, elle s'est éloignée du pilier qui la dissimulait. Un court instant elle se retrouve face à face avec Marc, à dix mètres l'un de l'autre. Les portes de l'ascenseur se referment juste au moment où Marc s'élance en avant dans un réflexe incontrôlé. Il se heurte violemment à l'intérieur du vantail refermé. Quand il remonte après avoir atteint le deuxième sous-sol et actionné désespérément le bouton du niveau un depuis la fermeture des portes, le hall fourmille de voyageurs qui arrivent de l'avion suivant. Mais ses yeux ne retrouvent pas les éclairs bleu-turquoise qui le hantent depuis ce certain jour où ils ont croisé son chemin.

XXIII

Sabine, assise au pied du lit, regarde son fils qui vient de s'endormir. Elle a toujours été douée pour raconter des histoires. Celle qui vient d'endormir Julien, elle l'a lue tout en lui montrant les images du livre. En revanche, elle est assez satisfaite de celle qu'elle a servie à Marc. Elle vient de l'appeler en jouant fort bien la mère inquiète. D'après ce qu'elle a expliqué à son père, Julien ne va pas bien du tout. Il ne cesse de tourner en rond dans sa chambre, la majeure partie du temps en soliloquant tout seul. Ce matin encore, il lui a affirmé que son amie de Bretagne venait de lui dire que sa mère avait loué à nouveau le gîte de Concarneau pour passer les vacances de Pâques.
Comme elle dit :
— Je ne vois pas de qui Julien tient cette information.
Marc lui a confirmé que leur fils n'avait plus rencontré Marie-Do depuis l'été. Lui-même ne connaît pas l'adresse de la mère et la fille. Il sait qu'elles habitent "du côté de Bordeaux". Il ne lui avouera pas qu'il a bien

essayé auprès de l'hôpital dont elle lui avait vaguement parlé. Mais là, il n'a pu obtenir aucun renseignement. Il semble qu'elle n'y ait jamais travaillé.
Sabine a demandé à son ex. de prendre l'enfant quelques jours
— Juste pour te rendre compte. Tu ne le vois pas assez longtemps pour comprendre. Toi, tu sais le faire parler.
Marc a accepté. Son travail va en souffrir, en particulier pour emmener Julien à l'école. Pour le reste, il va mettre Mamy Simone à contribution. Il sait qu'elle va encore râler. Pour cacher une évidente satisfaction.
Sabine repose l'appareil, satisfaite. Ce ne sont que des rêveries de petit garçon, et ce soir, Julien dort paisiblement. Elle se déculpabilise en pensant qu'elle doit absolument avoir son temps libre de toute contrainte dans les jours qui viennent. Félicien n'a toujours pas appelé. Sans être vraiment inquiète, elle se promet de tirer la chose au clair dans les jours qui viennent. Une dernière fois, elle compose le numéro du téléphone de Rambouillet. Avec un geste d'irritation, elle repose le combiné après un long moment sans réponse. Le mobile de Félicien ne répond pas davantage. Machinalement, elle poursuit sa quête en appelant la villa de Cavalaire.
— Bonsoir, Sabine.
La voix est calme, le ton laconique. Il est à Cavalaire ! La jeune femme n'en revient pas. Ce n'était pas prévu, et ce n'est pas non plus la période où il s'y rend d'habitude. Il poursuit, sans lui laisser le temps de se remettre, toujours avec son ton détaché :

— J'avais besoin d'un peu de tranquillité, de sérénité, pour faire le point.

Il ne lui demande pas de ses nouvelles. Il ne se justifie même pas de son silence de ces derniers jours. Sabine ne sait plus quoi penser. Son aventure avec... comment s'appelle-t-il déjà...ah oui, Jean-Paul, lui revient en mémoire un court instant. Mais non, aucun rapport. De toute façon, ils sont libres l'un et l'autre, et puis il n'y a aucune raison pour que Félicien soupçonne quoi que ce soit. Il doit simplement être un peu fatigué. À propos de Jean-Paul, il faudra qu'elle le rappelle, un de ces jours. Elle revient à Félicien :

— Je me suis fait du souci, je n'arrivais pas à te joindre. Tu aurais pu me prévenir. Quand rentres-tu ?

— Pas tout de suite. J'ai encore à faire ici.

Et après un temps :

— Si tu veux, tu peux me rejoindre pour quelques jours. Tu peux bien laisser la boutique à ton personnel, la saison est calme en ce moment.

Il a eu un peu de difficulté à se décider, mais après tout, il y tient à cette gamine. Et après ce que lui a confié son vieil ami Jouhanneau père au sujet des inquiétudes que lui inspire son fils, les risques sont faibles de ce côté.

Le lendemain, Julien est chez son père et Sabine dans le premier train pour la Côte.

Le premier souci de Marc est de s'organiser pour éviter à Julien de manquer la classe. Le mieux, c'est que celui-ci

habite chez sa mamy. Marc passera tous les matins pour le conduire à l'école. Le seizième arrondissement est quand même plus près de Saint-Germain que les Buttes-Chaumont. Ceci étant décidé, il passe la première journée avec l'enfant. C'est un mercredi et l'école fait relâche. Comme prévu, Mamy Simone se découvre plusieurs rendez-vous, pris depuis fort longtemps dit-elle, et qu'elle est dans l'obligation de reporter. Cette activité lui prend largement le reste de la matinée, ce qui permet à Marc de parler avec son fils. Il l'entraîne facilement sur le terrain qui le préoccupe et évoque les souvenirs de leurs vacances d'été. Julien embraye immédiatement alors qu'il n'en avait presque jamais parlé depuis leur retour de Bretagne. Tout y passe, ou presque. Des parties de pêche sur le port au crapaud attrapé dans la rivière, de l'arrivée du coupé aux grandes balades en voiture. À un moment de la conversation, son visage s'éclaire.
— C'est bientôt les vacances de Noël.
Marc acquiesce, c'est pour bientôt, il faut se rendre à l'évidence.
— Et si on allait aux *Menhirs* ?
La question surprend le père, les *Menhirs*, l'hiver, ce n'est pas particulièrement tentant. Il le dit à l'enfant :
— Nous n'y allons jamais à cette époque, il y fait plutôt froid et le chauffage n'a pas été révisé depuis pas mal d'années. Je ne crois pas que ce soit une bonne idée.
Et comme le garçon parait déçu, il ajoute rapidement :
— Nous pourrions y passer quelques jours pour Pâques.
Julien bat des mains.
— Il faudra que j'en parle demain à Marie-Do.

Marc s'étonne
— Tu la revois ?
— Ben non, je la revois pas… comme tu dis.
Et très vite, il change de sujet.
Son père n'insiste pas. Julien s'affaire brusquement, saisit un jeu et s'apprête à le ranger dans le grand coffre à jouets. Il s'agit d'un vieux coffre qui date de plus d'un siècle, avec son lourd couvercle et ses deux poignées latérales en fer forgé. Mamy Simone l'a toujours connu, il lui vient de ses parents et Julien l'affectionne particulièrement. C'est pourquoi le coffre s'est tout naturellement retrouvé dans la chambre que la vieille dame lui a consacrée. Le garçonnet retient son geste au dernier moment et repose sur le sol le jeu qu'il s'apprêtait à ranger. Marc a eu le temps d'apercevoir le fond du coffre. À sa grande surprise, celui-ci est tapissé d'une lourde couverture, sans doute prélevée dans l'armoire de la chambre. Marc essaie de questionner sans en avoir l'air :
— Mamy range ses couvertures dans ton coffre maintenant ?
Julien hausse les épaules
— Mais non, c'est moi. C'est pour qu'elle y soit plus confortable.
Marc ne voit pas pourquoi sa mère désirerait être confortable dans son coffre. Il regarde son fils sans comprendre. Et celui-ci, haussant de nouveau ses petites épaules :
— Tu peux pas savoir, c'est le grand secret.
Il n'en dira pas plus à ce sujet, même s'il n'arrête pas de parler de toute la soirée.

Marc a beau questionner sa mère après que l'enfant se soit couché, il ne saura jamais rien de la rencontre des deux enfants, un soir, dans un hall d'exposition.

La sonnerie grêle se rapproche et envahit progressivement la chambre et ses pulsions impératives viennent frapper de plus en plus fort la forme allongée sous la couverture. Anne-Marie tend machinalement le bras en direction de la table de nuit et renverse le bol de tisane encore tiède qui occupe la place habituellement réservée au téléphone. Le silence revient et la jeune femme émerge lentement de son sommeil. Au petit matin, elle s'est réveillée en sueur et la gorge brûlante. À tâtons, elle s'est dirigée vers la salle de bains et ensuite la cuisine pour avaler un cachet de paracétamol. Ayant trouvé la force de se préparer une tisane bien chaude et bien sucrée, elle s'en est retournée vers sa chambre. Avant d'avoir pu vider le bol entièrement, elle s'était déjà glissée entre ses draps et rendormie. À présent, assise au bord de son lit, elle peste contre ce reste de tisane, répandu sur la carpette et dont le sucre lui colle aux pieds. Pour faire bonne mesure, elle inclut dans son râlage les inconscients qui réveillent ainsi une pauvre malade de si bonne heure et de plus un samedi matin. C'est le moment que choisit la sonnerie pour faire retentir de nouveau son appel, de plus en plus impératif. Le téléphone n'est nullement en cause, la sonnerie provient de la porte d'entrée. Désespérée, Anne-Marie enfile sa robe de

chambre. La voix qui l'appelle, derrière la porte, est celle de Jean-François.
— Je n'ai pas pu faire autrement, tout s'est décidé si vite, sinon je t'en aurais parlé avant.
Anne-Marie, l'œil éteint et les cheveux en bataille, l'écoute d'une oreille pas vraiment attentive. Elle a du mal à faire le tri dans le flot de paroles dont son visiteur l'a abreuvée.
— Si j'ai bien compris, tu pars demain pour La Réunion.
Il confirme. C'est quand même plus simple reformulé ainsi. Elle le lui dit. Il baisse la tête.
— Et pour longtemps ?
Il ne lui est pas venu à l'esprit de demander : tu reviens quand ? La réponse lui enlève en effet toute illusion.
— C'est un poste important, il s'agit de restructurer tout le service d'anesthésie. Cela demande beaucoup de temps.
— Combien ?
— Je ne peux pas prévoir…
Tiens, tiens, lui qui planifie si bien les choses habituellement. Anne-Marie est sur le point de sourire. Elle le laisse s'empêtrer dans ses tentatives d'explication.
— …peut-être un an, …ou deux.
La jeune femme sert deux tasses de café et boit lentement le sien en le regardant. Elle sait parfaitement ce qu'il en est. Depuis le retour de Jean-François, fin septembre, ils se sont très peu vus. Son travail à l'exposition à Paris l'a elle-même éloignée un certain temps. Elle a très mal supporté qu'à cette occasion, il ne lui ait pas

proposé de prendre sa fille avec lui, alors qu'il n'avait pas officiellement repris son activité à l'hôpital. Quand elle le lui a reproché, il lui a avoué qu'il se penchait sur un autre projet, ce qui ne lui laissait pas le temps nécessaire pour s'occuper décemment de Marie-Do. Un jour qu'elle s'était rendue à l'hôpital pour un examen bénin avec Marie-Do, elle avait rencontré une ancienne copine. Celle-ci était en conversation avec une jeune infirmière stagiaire qu'elle lui présenta :
— Et voici Cécilia, elle vient d'avoir son diplôme. Malheureusement pour nous, elle nous quitte à la fin du mois. Elle va exercer chez elle, à La Réunion.
Anne-Marie a tout de suite reconnu la "fille" de l'aéroport de Roissy.
Aujourd'hui, Anne-Marie ferme le cercle de ses interrogations sur l'avenir de son aventure avec Jean-François. La vie n'est pas très tendre avec elle. Elle pense fugacement à un autre homme qui, lui aussi, lui a menti jadis.
— Pourquoi jadis ? il n'y a pas si longtemps. Et qu'est-ce que tu en sais après tout. Tu n'as même pas eu le courage de le laisser s'expliquer.
— Pas du tout, c'est lui qui est parti le premier. On devait se revoir et il n'est pas venu.
— C'est une mauvaise raison, tu ne lui as laissé aucune chance. Tu ne sais rien de sa vie, ou si peu.
— Justement, s'il m'avait tout dit, je saurais.
— Balivernes, il t'en a dit assez. Il est divorcé. Et toi tu vas croire une future belle-doche qui doit crever de jalousie pour son fils.
— Tu exagères, elle a été sympa.

— Oui, mais à ta place...
— Ben quoi, tu y es à ma place !

Anne-Marie n'en finit pas de se renvoyer ses propres questions. Pendant tout ce temps, Jean-François n'a rien dit. Il reste planté devant elle sans oser la regarder. Elle se reprend. Garde ton sang froid ma belle, tu dois être la plus forte.

Calmement, simplement, elle prend son déjà ex-ami par le bras et le met à la porte.

En la refermant, elle s'adosse au battant et se met à pleurer doucement.

XXIV

Pâques est déjà là. Anne-Marie ne risque pas de l'oublier, chaque matin, depuis deux semaines, sa fille a entrepris de compter les jours qui la séparent du départ en vacances. L'année avait à peine commencé qu'elle s'était déjà mis en tête de compter les mois. À partir de février, elle mesurait le temps en semaines et depuis le quinze mars, celles-ci avaient été remplacées par les jours. À plusieurs reprises, la fillette avait même fait une allusion surprenante :
— Si tu voyais comme Julien est impatient de me revoir. Le temps lui dure, encore plus qu'à moi.
— Comment peux-tu dire une chose pareille ? Tu n'en sais rien.
Anne-Marie s'étonnait de l'assurance avec laquelle sa fille affirmait le désir du garçon alors qu'elle ne l'avait plus revu depuis de longs mois. À l'époque, et surtout en raison du caractère assez brutal de leur départ, il n'avait jamais été envisagé de le revoir en avril. Ni même au prochain mois de juillet d'ailleurs.

Et la fillette de répondre, sibylline :
— Qui te dit qu'il faut voir pour savoir ?
Anne-Marie, vaincue sinon convaincue, acquiesçait, entrant ainsi dans le jeu de Marie-Do. Elle comprenait le rêve de sa fille qui souhaitait tellement retrouver son petit compagnon, si agréable et si serviable, qui avait fait de son séjour à Concarneau "les plus belles vacances de toute sa vie". Opinion qui, pour une fillette d'à peine dix ans, représentait un choix difficile sur d'aussi longues années d'expérience. Il arrivait parfois à Anne-Marie de s'inquiéter quelque peu de la conviction avec laquelle Marie-Do évoquait ses conversations avec Julien, comme s'il s'agissait de rencontres véritables, et de plus, fréquentes. À l'entendre, ils avaient même, ensemble, choisi le jour de leur arrivée en Bretagne, ainsi que l'heure et le lieu de leur premier rendez-vous. L'affabulation ne paraissant pas prêter à conséquence, la maman préférait ne pas contredire sa fille. Le plus dur serait que le hasard fasse que Marc et Julien ne profitent pas de la période de Pâques pour faire un séjour aux *Menhirs*. Anne-Marie souhaitait ardemment que Marie-Do ne connaisse pas une telle déception, même si les chances de voir son désir exaucé étaient minces. Mais elle n'osait s'avouer qu'elle serait peut-être la plus déçue.

— Quatre cent quatre-vingt dix-neuf kilomètres.
Après une rapide recherche sur Internet, Marc peut donner la réponse à la question que vient de lui poser Julien.

Il s'agit de la distance entre Paris et Bordeaux, à vol d'oiseau.
— Et en avion ?
— Un petit peu plus, même dans le ciel il y a des routes, enfin des chemins, que doivent suivre les avions. C'est pourquoi la distance parcourue est plus grande.
— Et pourquoi les avions volent en zigzag et pas tout droit comme les oiseaux ?
Julien veut tout savoir, Marc se sent entraîné dans une de ces discutions sans fin dans lesquelles le garçon excelle. Il tente une sortie en touche :
— Et pourquoi tu veux savoir la distance de Paris à Bordeaux ? Pour ta leçon de géographie à l'école ?
— On apprend le Massif central en ce moment…mais ça n'a rien à voir.
Puis après un petit temps :
— Qui c'est qui va le plus vite, l'avion ou un oiseau ?
Et sans attendre la réponse :
— Moi je préfère l'oiseau, il y a trop de monde dans l'avion.
Sur cet avis péremptoire mais énigmatique, il se replonge dans la contemplation de la carte de France prélevée dans la boîte à gants de la voiture de son père. Marc pousse un petit grognement pour attirer l'attention du garçon :
— Il faudrait un gros oiseau pour qu'il puisse te transporter.
— Pas besoin. Si je lui souffle tout doucement sur le cou, et il peut m'emmener avec lui. Dans sa tête.

Il adresse un sourire désarmant à son père. Et sans transition :

— Tu te rappelles qu'on part dans une semaine.

Marc pousse un soupir. La période ne se prête guère aux vacances et son travail va encore en souffrir. Mais Julien tient tellement à passer les congés de Pâques à Plouleven ! Il lui a promis depuis Noël et il tiendra parole. De plus, Sabine l'a déjà informé qu'elle lui confierait l'enfant pendant cette période, elle-même devant faire un stage de décoration florale d'une extrême importance durant le même temps. Le stage a lieu à Bormes-les-mimosas, bien connu pour la profusion de fleurs qui l'entoure, et qui, comme chacun le sait, se trouve à moins de vingt kilomètres de Cavalaire-sur-Mer.

Ce jour-là, rien n'allait vraiment comme on pouvait l'espérer. Le départ pour la Bretagne était prévu pour le dimanche matin. La journée de samedi avait été classée rouge dans les prévisions de circulation et Marc avait préféré choisir de partir le lendemain. Il avait eu quelques difficultés à faire admettre le changement de date à Julien. Après deux jours de négociations, celui-ci avait fini par donner son accord.

— Bon, tout est arrangé, mais il faut absolument être à Concarneau dimanche soir. Le rendez-vous est pour lundi matin.

Et comme Marc manifestait un certain étonnement, Julien poursuivait :

— Tu verras bien… lundi matin…sur le port. Marie-Do est d'accord !

Le père restait perplexe. Son fils était avec lui depuis le jeudi soir et ils ne s'étaient pratiquement pas quittés. Il était certain que Julien n'avait eu aucun contact téléphonique, sauf une fois avec sa mère. De plus, même lui n'avait pas les coordonnées d'Anne-Marie. Il savait qu'elle habitait Bordeaux avec sa fille et, pensait-il, avec le père de celle-ci, mais sans plus de détails. Il n'avait jamais oublié le fameux soir où son fils lui avait raconté ce que lui avait dit la fillette à propos de son papa qui venait les chercher à la fin des vacances :
"Pour retourner chez eux...à Bordeaux" avait-il ajouté.
Il se souvient encore du gros chagrin de Julien à la pensée d'être séparé de son amie. Et aussi de sa propre déception à la découverte de ce père auquel il n'avait jamais songé, mais qui était aussi de ce fait le compagnon, voire le mari, d'Anne-Marie. Leur rencontre avait été de bien courte durée, mais la seule évocation de la jeune femme le rendait mélancolique. La perspective de la revoir à Concarneau lui paraissait improbable car elle n'était pas une habituée de la région. C'est tout à fait par hasard qu'elle avait choisi ce coin de Bretagne pour venir passer trois semaines de vacances avec sa fille. Sans doute du fait de l'absence momentanée du père retenu par son travail. Marc ressassait sans arrêt sa déconvenue, mais, à présent, avec le recul du temps, il en venait à se poser des questions. Après tout, Anne-Marie lui était toujours apparue comme une jeune femme franche et directe, et il s'était peut-être trop vite laissé entraîner dans des conclusions hâtives. Jamais elle n'avait fait allusion au père de sa fille, mais si c'était une affaire terminée,

quoi de plus normal qu'elle ne souhaite pas l'évoquer. Surtout avec un étranger car leur rapprochement sentimental fut si court qu'ils n'avaient pas encore atteint le stade des confidences au moment de leur fuite réciproque. À ce stade de ses réflexions, Marc s'aperçoit que ce fut vraiment une fuite réciproque. Lui a décidé de ne pas aller à leur rendez-vous comme chaque matin, mais de son côté, Anne-Marie n'a plus donné aucun signe de vie avant son départ. Si elle n'avait rien à se reprocher, pourquoi ce silence ? À moins qu'elle n'ait eu quelque chose à lui reprocher, à lui ? Marc se prend à espérer. Et si tout cela n'était qu'un malentendu ? Et si tout pouvait se dissiper, dans quelques jours, à Concarneau. Il revoit la petite maison où ils avaient tous passé de si bons moments. Se peut-il que la jeune femme ait fait le même rêve et loué le même gîte ? il se lève et prend son fils dans ses bras, ils partagent la même espérance !

Le carillon de la porte d'entrée vibre sous des coups impatients, Mamy Simone possède le code de la porte d'entrée de l'immeuble, mais oublie toujours de sonner l'appartement depuis la rue. En revanche, elle s'attend toujours à trouver la porte de celui-ci ouverte à son arrivée sur le palier du deuxième étage. Julien saute au cou de sa mamy.

— On va au parc, on va au parc…mais si, on a beaucoup de temps…

La mamy n'a pas trop envie de marcher et renâcle un peu. Et Julien, de plus belle :

— Mais non… y fait pas trop froid… et puis tu m'achèteras une glace.

La logique toute personnelle du gamin vient à bout de ses réticences, Mamy Simone renonce à quitter ses chaussures qui pourtant lui font un mal de chien. Elle est venue pour faire la bise à "ses enfants" avant leur départ. Ils ne partent qu'après-demain, mais "il faut du temps pour s'habituer à la solitude". Pour l'heure, Julien l'entraîne dans un vaste tour du lac dans le Parc des Buttes-Chaumont. Le choix n'est pas fortuit, c'est là que se trouvent les balançoires, le guignol et le marchand de gaufres. Eh oui, les glaces, c'était une blague. Par ce temps, une bonne gaufre toute chaude, avec beaucoup de sucre…

Ils en parlent encore en traversant le carrefour devant l'hôpital Rothschild. Julien porte encore à sa bouche le restant de la seconde pâtisserie quand le crissement des pneus le fait sursauter à l'instant où il pose le pied sur la chaussée. Mamy Simone reste pétrifiée sur le bord du trottoir. Julien a fait un bond en arrière prodigieux et se retrouve assis sur le bitume. Le véhicule s'est arrêté in extremis. L'enfant est tout pâle et s'accroche à sa mamy en sanglotant doucement :

— Non, pas aujourd'hui, surtout pas aujourd'hui.

Le conducteur est descendu, plus pâle encore que le garçon que l'on palpe sous toutes les coutures. Il n'a rien, la voiture s'est arrêtée juste à temps. Ils disent tous, comme pour se rassurer définitivement :

« Il y a plus de peur que de mal ! »

XXV

En ce vendredi soir, veille du départ pour Concarneau, Marie-Do n'a pas peur, mais elle se sent bizarrement mal. Elle n'avait pas cours cet après-midi et se trouve seule à la maison. Sa mère, avant de s'absenter pour les huit jours de vacances, n'a pas eu la possibilité de disposer du temps nécessaire pour lui tenir compagnie, mais elle lui a promis de se libérer suffisamment tôt en fin de journée. Marie-Do s'est allongée sur son lit. Vers cinq heures, alors qu'elle était sur le point de fermer sa petite valise, un faible cri a résonné. La porte de la penderie était entrebâillée, mais Marie-Do a néanmoins perdu quelques secondes avant de l'ouvrir et de tirer violemment en arrière le tabouret qui s'y trouvait. Elle est restée ensuite longtemps immobile, attentive au moindre bruit. Mais aucun son ne s'est plus fait entendre. Elle s'est alors laissée glisser sur la moquette, entourant le petit siège de ses deux bras. Elle ne cesse de se répéter :
— Je n'ai pas pu, j'ai pourtant fait le plus vite possible. C'est ma faute.

Elle a envie de se relever et de donner de grands coups de pied dans la porte de l'armoire. Elle reste sur le sol, anéantie. La certitude d'un malheur s'est installée en elle. Une impression de froid la gagne progressivement. Elle se traîne jusqu'à son lit et s'enfouit sous la couette.
Quand Anne-Marie arrive, elle la trouve ainsi, avec une forte fièvre.
Le départ a été annulé. Le médecin, appelé d'urgence, n'a rien détecté, mais cette absence de diagnostic n'en est que plus inquiétante. Il voulait la faire conduire dans une clinique mais la fillette a refusé catégoriquement de quitter sa chambre. Il a conseillé le repos complet, interdit tout déplacement. Il faut attendre un éventuel développement. Elle est en observation. Peu à peu les murs de la pièce ont repris pour elle leur aspect habituel. La porte de l'armoire était restée ouverte et Marie-Do a demandé à sa mère de la laisser à demi ouverte mais de replacer le petit tabouret à l'intérieur du meuble.

— Dans le coin à droite… oui là…mais pas trop profond.

La pauvre petite voix émeut profondément la jeune femme. Sa fille a plutôt pour habitude de faire résonner la maison avec des accents plus proche du son du clairon que de celui des violons. De plus, elle ne comprend rien à propos de ce tabouret qui, depuis quelque temps, a pris une importance considérable dans le quotidien de sa fille. Elle chasse bien vite ce souci mineur. Le principal, c'est la santé de Marie-Do, et elle va y consacrer toute son énergie.

Elle quitte la chambre, à demi rassurée. La fillette s'est endormie sous l'effet des sédatifs.

Le lendemain elle dort encore quand, à quatre cent quatre-vingt dix-neuf kilomètres de là, le coupé de Marc emmène un Julien rayonnant vers le port de ses attaches. Il ne regrette pas de ne rien avoir dit à Marie-Do de sa mésaventure du vendredi soir. Il n'a rien eu. Elle se serait inquiétée pour rien, après coup. Il n'empêche qu'il ne s'explique toujours pas comment il a eu la présence d'esprit de sauter aussi vite en arrière. Il a plutôt pour habitude de rester figé sur place quand une chose le surprend.

Ce matin, il s'est réveillé en sursaut. Sa première pensée a été pour son amie. Il avait bien envie de s'assurer que tout allait bien pour elle. Mais il était très tôt. Il n'a pas osé soulever le couvercle de son coffre à jouet. Il risquait de la réveiller.

Bien calé à l'arrière de la voiture, car pour les longs trajets, il n'a pas droit au siège avant, il regarde défiler le paysage. Ce soir, ils seront aux *Menhirs*. Et demain, sur le port...

Lorsque Marc aperçut, dans le faisceau de ses phares, le panneau indicateur « Plouleven », Julien dormait toujours profondément à l'arrière du coupé japonais. Arrivé aux *Menhirs*, il fut dans l'obligation de le réveiller. À peine eurent-ils mis les pieds dans la maison, qu'il se précipitait au premier étage. Les valises déchargées et la voiture rentrée dans la remise, Marc rejoignit son fils dans sa chambre où il s'attendait à le retrouver à nouveau endormi, bien enveloppé dans sa couette. Quelle ne fut pas sa surprise de voir le garçon debout, arpentant la pièce de long en large. Il frappait à petits coups sur les murs, inventoriait la lourde armoire Bretonne ainsi que le contenu du cagibi attenant à la chambre et qui contenait principalement les vieux jouets de trois générations successives d'enfants. Son choix se porta sur un grand carton, encore solide, qu'il vida totalement sans même se soucier de son contenu. Le carton fut traîné dans la chambre et Julien, content de lui, consentit enfin à se tourner vers son père qui le regardait faire, étonné, depuis un bon moment.

— Tu ne trouves pas qu'il est un peu tard pour faire du rangement ?

— Je range pas, je cherche une cabine.

Julien accompagne sa réponse d'un large sourire. Marc sait d'avance que ce petit sourire vise avant tout à dissuader l'interlocuteur de tenter d'en savoir plus. Il n'en poursuit pas moins :

— Une cabine de quoi ?

Et n'obtenant pas de réponse :

— Tu ferais mieux de te mettre au lit et de dormir. Sinon tu auras du mal à te lever demain matin.

Et comme il n'a pas oublié l'allusion que Julien a faite, avant de quitter Paris, concernant un certain rendez-vous :

— Tu veux toujours faire un tour sur le port vers dix heures ?

— Ben, comment veux-tu que je sois sûr de l'heure, sans cabine !

Marc a les yeux qui piquent. Il a fait une longue route, en partie sous une petite pluie fine et bien que ce fût dimanche, la circulation était encore assez dense. De plus, il n'a pas mangé. Julien s'est endormi peu après le départ de Paris et il n'a pas voulu le réveiller en cours de route. Il remet à plus tard le soin d'élucider cette affaire de cabine en carton, indispensable dans la chambre de son fils. À tout hasard, il vérifie que la ligne téléphonique n'est pas coupée et, rassuré, il se précipite dans la cuisine pour se faire un énorme sandwich. Le temps verra passer un demi-saucisson, un camembert presque entier et deux cannettes de bière avant que les ronflements du père viennent accompagner ceux du fils. Pas pour longtemps.

Quand il juge que son père est profondément endormi, Julien se glisse, pieds nus, hors de sa chambre et entreprend de gagner le second étage. Il a tout essayé. La vieille couverture trouvée dans l'armoire ne pouvant pas servir, car Marie-Do a horreur de l'odeur de naphtaline, il a garni le carton avec sa propre couette, puis avec le gros oreiller de plumes. Sans résultat, il a été jusqu'à tenter d'y mettre la carpette qui protège ses pieds du froid quand il se lève le matin. En vérité, ce n'est pas une descente de lit mais plutôt un authentique tapis Persan rapporté d'un lointain pays par un ancêtre tout aussi lointain. Le temps et l'usure qui en découle faisant son œuvre, le fabuleux tapis s'était retrouvé relégué au triste rang d'essuie-pieds. Julien espérait que de telles origines lui permettraient d'assurer un service aussi prestigieux que celui qu'il en attendait. Rien n'y fit et l'enfant en conclut que rien ne serait sans doute possible sans la médaille. Or, cette médaille, il l'avait oubliée à Paris. Il ne lui restait plus que l'espoir fragile de trouver un objet suffisamment imprégné pour la remplacer. Il avait tout naturellement pensé au grenier. Le voilà qui monte avec précautions, il avance, marche après marche, en prenant bien soin de n'en faire craquer aucune. Il a toujours eu peur du noir, mais il n'ose pas allumer l'électricité. Il a un peu de mal à trouver la porte du grenier. Il l'ouvre doucement, elle grince et fait retentir une suite de lamentations déchirantes dans l'obscurité. Mais Marc est bien trop fatigué pour entendre et rien ne bouge au premier étage. Julien a emporté la lampe-torche qu'il a toujours sur sa table de nuit en raison de sa peur du noir. Il ne l'allumera que lorsqu'il aura refermé la porte, sans la pousser complètement, à cause du bruit. Il balaye les lieux et frissonne à cause des souvenirs qui affluent. Le toit a été réparé et le vasistas bouché, mais au-dessous se distinguent encore nettement les traces laissées par la boule de feu. De la vieille couverture, qui formait le plafond de son ancienne cachette, il ne reste qu'un tas de cendres noires. Julien les fouille du bout de la baguette métallique qu'il vient de ramasser. Ne trouvant rien, il élargit le champ de sa recherche et brusquement, il recule, horrifié. La dépouille calcinée du chat se reconnaît, à gauche des restes de la cachette. Et tout à côté, coincée entre deux des tomettes du sol, se distingue nettement une petite épingle à cheveux. Toute noire, un peu tordue mais reconnaissable. Une épingle identique à celles qui retenaient de longs cheveux blonds balayés par la grosse brise du port. Il redescend silencieusement vers sa chambre. Nul fantôme, nulle compagnie de rats sournois et agressifs, nul bruits étouffés et sinistres ne lui feront ouvrir sa petite main qu'il a refermée sur son trésor.

Le lendemain, Marc est levé de bon matin. Il n'attache aucun crédit à cette histoire de rendez-vous, sur le port, à dix heures. Bien que Julien n'en ait parlé que par allusions, il sait bien que l'enfant est persuadé que Marie-Do viendra passer ses vacances à Concarneau. Il se reproche déjà d'avoir cédé à la demande de son fils. Les chances de revoir Anne-Marie et sa fille sont inexistantes. Il s'en rend bien compte à présent. Mais n'a-t-il pas lui-même cru à la possibilité de cette nouvelle rencontre ? Quand Julien a insisté, c'est bien Marie-Do qu'il voyait dans ses yeux, mais c'est Anne-Marie qui était dans les siens. Il se rabroue lui-même :

« Tu est bien avancé maintenant. Tout à l'heure, sur le port, tu auras l'air malin quand le petit va s'effondrer, en larmes, en constatant que personne n'est au rendez-vous. »

Il tend l'oreille, il a cru entendre un bruit venant de la chambre du premier étage. Mais plus rien ne bouge.

« Et pourquoi tu parles comme s'il y avait un rendez-vous. Les enfants ne se sont pas revus depuis. Tu ne vas quand même pas croire aux balivernes de Julien. »

Quand celui-ci descend, Marc remarque tout de suite les cernes autour de ses yeux. L'enfant a pleuré, peut-être toute la nuit. Il se reproche son sommeil trop profond, il n'a rien entendu. Après l'avoir embrassé, il le garde un instant contre lui et tente de le rassurer. Mais il ne trouve que des mots qui le renvoient à sa folle espérance :

— Tu vas voir, on passera une bonne journée. Une petite balade sur le port pour commencer, et à midi, pour déjeuner, nous pourrions aller manger des crêpes.

Il se rend compte trop tard qu'il n'a fait que répondre à ses propres espérances. Mais lui, il est adulte, il peut résister aux pires désillusions. Il regarde l'enfant et pense qu'il a envie de pleurer avec lui.

— Je n'ai pas très faim. J'aime mieux rester ici encore un petit moment

Marc essaie d'entraîner Julien vers la crêperie. Depuis dix heures moins le quart, ils sont plantés sur le quai. Le garçonnet a fini par s'asseoir sur une bitte d'amarrage. Vers une heure et demie, il accepte d'aller jusqu'à la pizzeria toute proche. De la table qu'ils ont choisie, ils peuvent voir l'ensemble du quai en enfilade. Julien a mangé sagement, après quoi, il s'en est retourné calmement sur sa bitte d'amarrage.

Ce n'est que vers cinq heures du soir qu'il consentira, tout aussi sagement, à rentrer aux Menhirs. Il restera soucieux jusqu'au moment où il retient son père par la manche alors que celui-ci venait de l'embrasser dans son lit :

— J'ai une idée. Demain on prendra les cannes à pêche, pour le matin. Et si on ne prend rien, l'après-midi, on pourra aller jusqu'à Beg-Menez, c'est joli par là !

Marc a acquiescé. Il n'a pas tout de suite compris. Il n'y pensera que plus tard, avant de se coucher lui aussi. La route de Beg-Menez, en venant de Concarneau, passe à moins de cinquante mètres d'un certain gîte. Sur le point de s'endormir, il se laisse encore bercer d'une espérance retrouvée.

La pêche ne fut pas bonne le lendemain et ils suivirent le programme fixé par Julien. Le gîte dont ils ne purent s'empêcher de faire le tour paraissait lugubre dans un petit crachin sale et humide. Les gros blocs de granit, qui constituaient une part de la façade, luisaient aux reflets d'une pâle lumière diffusée par les nuages bas. Et pas la moindre trace de bleu, même s'il n'était pas turquoise, ne venait réjouir le paysage.

Au soir du huitième jour, deux ombres se traînaient, pâles et harassées, elles avaient posé leurs silhouettes sur chacune des pierres des quais du port de Concarneau. On les avait vues dans toutes les rues et ruelles de la ville. Elles avaient buté dans les innombrables ornières des chemins de la lande, jusqu'au bord des falaises. Les routes se souvenaient d'un bolide léthargique courant lentement les chemins de toute la région. Seule la mer n'avait pas été explorée ! Mais tous savaient que Marie-Do n'aimait pas la mer, et sa mère non plus.

Au matin du neuvième jour, un coupé japonais prenait la route de Paris. Sur le siège arrière, Julien serrait toujours son petit poing.

XXVI

L'air est encore frais en ce matin de début avril. La propriété de Félicien, un peu en retrait de la ville, n'en offre pas moins une très belle échappée sur la Méditerranée. Une petite terrasse surplombe la route d'accès peu fréquentée et Sabine aime sa relative tranquillité quand elle s'y installe chaque matin pour prendre son petit déjeuner. Le gros de la circulation matinale est passé et, après onze heures, les voitures se font rares. Elle est à Cavalaire depuis déjà plus de deux semaines. Félicien s'est montré ravi de son arrivée, le lendemain de son coup de téléphone. Il est aux petits soins pour elle, même si parfois elle a l'impression d'être traitée en gamine. C'est d'ailleurs le nom qu'il lui attribue de plus en plus souvent. Le soir, lorsqu'ils sont assis tout deux dans le confortable salon, elle a l'impression qu'il la regarde comme s'il la découvrait, avec aussi une pointe d'ironie dans son sourire. Elle se sent alors terriblement mal à l'aise. Le départ de Félicien, le lendemain de sa folle soirée passée avec Jean-Paul lors de l'expo à Paris, ne l'avait pas étonnée sur l'instant. Aujourd'hui, avec le recul, elle est persuadée qu'il se doute de son aventure et qu'il a voulu ainsi mettre une distance entre eux. Sa proposition de venir le rejoindre, lorsqu'elle l'a appelé, l'a un peu rassurée, mais depuis cette date, il n'est plus le même.

Elle en est là de ses réflexions quand son mobile, qui ne la quitte jamais, entame avec allégresse ce qui peut ressembler, à bonne distance, au troisième mouvement de la cinquième symphonie de Beethoven. Sabine adore quand son petit appareil crache brutalement son signal d'appel alors qu'elle se trouve en grande conversation mondaine. C'est sa façon à elle de se faire reconnaître comme véritable mélomane. Ce matin, elle sursaute et renverse le café de sa tasse sur un pan de sa robe de chambre.

— Allô ?…oui c'est moi…pas la peine de crier, j'entends bien…

Elle éponge le café avec sa serviette et rend son interlocuteur responsable du désastre sur sa robe de chambre.

— Ah, c'est toi mon chéri ! mais non, mon bonhomme, tu sais bien que tu ne me déranges jamais.

Le ton a changé instantanément, elle a reconnu Julien au téléphone. Elle l'a abandonné à son père pour se précipiter à Cavalaire et depuis elle n'a pris aucune nouvelle. La mauvaise conscience lui vient à retardement et elle compense par un excès d'affection.

— Oui, je vais bien, maman. Je dors chez Mamy Simone. C'est pas pratique pour l'école. Surtout pour papa, tous les matins… il vient me chercher.

Sabine ne va quand même pas plaindre ce pauvre Marc. Lui qui se plaignait de ne pas voir son fils, il est servi !
— Tu rentres quand ?
La question la surprend, elle s'aperçoit qu'elle n'en sait rien elle-même. Elle ignore tout des intentions de Félicien. Avant ce soir, il lui faut mettre les choses au clair. Qu'il s'explique ce mec, il ne va pas toujours rester planté là, à la regarder vivre comme un poisson dans son bocal.
— Je ne sais pas encore. J'ai des projets qui ne sont pas encore bien arrêtés. Ne t'inquiètes pas, je te rappellerai. De toute façon, c'est bientôt les vacances.
Quand elle raccroche, elle pense que les prochaines vacances, c'est les grandes, dans trois mois. Ça lui laisse le temps de voir venir. Elle n'a pas trop envie de brusquer Félicien en ce moment.
Le soir-même, c'est lui qui aborde le sujet.
— Que comptes-tu faire, à présent ?
Elle suffoque un peu, la question la prend de court. Elle pensait être la première à s'inquiéter de son avenir. Comme à son habitude, elle s'en tire par une pirouette :
— Pas de problème, c'est arrangé avec Marc. Il garde Julien jusqu'aux vacances.
Elle sait que Félicien ne tient pas beaucoup à la présence de l'enfant. Il l'aime bien, mais ne supporte pas l'effervescence que cela crée dans la maison. Aussi est-elle très surprise quand il lui déclare :
— Il y a aussi une bonne école ici.
Et il enchaîne :

— J'en ai assez de la vie de Paris. Et puis, j'ai d'autres projets pour développer l'exploitation d'ici. Il suffit de moderniser les serres existantes.
— Tu comptes vivre définitivement à Cavalaire ?
Sabine avance sur la pointe des mots. Elle voit déjà arriver la rupture. Mais alors pourquoi l'allusion à l'école locale ?
— Certainement.
Toujours pas plus loquace, le mec. Il faut vraiment lui extraire les mots de la bouche et les idées du crâne. Sabine tente un pas de plus :
— Et c'est quoi, ton projet ?
— Une association avec Jouhanneau.
Et il ajoute, avec un sourire qui peut passer pour narquois :
— Le père.
La température baisse à une vitesse phénoménale en cette saison. Sabine frissonne. Et alors, il te largue ? Après tout, tu l'as bien cherché ma vieille. Mais au fond, elle n'est pas très fière d'elle. C'est qu'elle l'aime bien, son mec. Elle l'aime même beaucoup. Assez, si ça continu, tu vas enlever le beaucoup. Pourquoi pas ? Près de lui, elle est parfaitement bien. Ses angoisses, qui la tourmentent dans ses moments de solitude, disparaissent lorsqu'elle est près de lui. Il la rassure et en même temps elle se sent totalement prête à assumer sa vie. Ça tombe bien, il poursuit :
— Nous allons développer en partenariat, une nouvelle gamme d'extraits de plantes. Je cultive les plantes et lui fabrique et vend. Ta boutique marche bien avec ta pre-

mière vendeuse. Si tu es intéressée, tu reste ici avec moi. Nous montons une succursale dont tu t'occuperas.
La température devient plus clémente. Sabine en profite pour remonter légèrement la barre de ses espérances :
— Et Julien ?
— Il n'est pas si diable que ça ce petit bonhomme. Je te l'ai dit, il y a une bonne école. Et pour les autres jours, Nicole s'en occupera très bien.
Dites-moi que je rêve ou il est vraiment amoureux de moi ?
— D'accord.
Elle n'a pas fait attendre sa réponse. Et puis, si Nicole, l'actuelle intendante de la maisonnée, d'un âge canonique de surcroît, est là pour les jours où elle aura trop de travail…
— Parfait, tout est pour le mieux. J'appelle Jouhanneau. La semaine prochaine, il nous envoie Anne-Marie Duchemin. Tu sais, c'est la fille qui tenait le stand à Paris. Il paraît que c'est une perle en recherche. Elle nous aidera à faire les choix de plantations suivant les besoins de la fabrication.
Sabine, dont l'hypersensibilité n'est plus à démontrer, balise le secteur, à tout hasard :
— C'est intéressant pour nous. Elle restera longtemps ?
Le sourire de Félicien s'agrandit. Il n'est pas mécontent de la pointe de jalousie qui se profile dans la question de son amie :
— Difficile à prévoir, cela va dépendre des essais à faire en serres. On n'est jamais maître de la nature.

Il est assez content de lui. Toutefois, il s'empresse d'ajouter :

— Pas plus de deux ou trois mois.

Ce n'est pas parce qu'on tient le bon côté du manche de la cognée qu'il ne faut pas veiller à ne pas laisser le fer vous tomber sur le pied !

XXVII

La fillette est toujours couchée. La fièvre, bien que légère, perdure et le médecin y perd le peu de latin qu'il a retenu de ses années d'école. Apparemment, l'enfant n'a aucune maladie déclarée. À son avis, il s'agit plutôt des suites d'un choc affectif. Marie-Do pourrait parfaitement quitter son lit et manger normalement, mais elle refuse de se lever et n'accepte que le minimum de nourriture. En revanche, dès que sa maman a quitté la chambre et que la porte est refermée, elle se lève et se poste devant la porte de son armoire. Inlassablement elle écoute, de temps en temps, elle ouvre la porte et regarde avec insistance le petit tabouret. Mais celui-ci reste désespérément vide. Elle est persuadée que Julien est en danger depuis qu'elle l'a senti ce dernier vendredi soir où elle a tenté de le tirer en arrière au dernier moment. Pour elle la scène est bien réelle. Mais après, elle n'a plus rien vu. Et depuis, Julien ne s'est pas manifesté. Le charme paraît rompu. Depuis le jour où, assis sur la marche d'un escalier, dans ce grand hall d'exposition, elle lui a remis la chaîne et la médaille qu'elle portait autour de son cou en lui disant :

— Garde-la avec toi. C'est notre lien. Avec elle tu pourras toujours être près de moi. C'est ma grand-mère qui me l'a offerte en me disant qu'elle était magique.

Et comme le gamin paraissait être sceptique, elle poursuivait :

— Tu vas voir. On va chacun se réserver un coin dans nos chambres pour accueillir l'autre et, le soir on s'appellera. Il suffit de penser très fort.

La grand-mère l'avait-elle vraiment assurée de la magie exercée par la médaille ? Ou bien la fillette ne s'en était remise à elle qu'en désespoir de cause, faute de trouver le moyen de supporter l'imminence de la séparation d'avec son petit compagnon ? Toujours est-il que depuis cet instant, les deux enfants vivaient une parfaite entente dans leur rêve commun. Mais était-ce bien et seulement un rêve ?

L'absence de toute manifestation, réelle ou imaginaire, de Julien, plonge Marie-Do dans une semi-léthargie dans laquelle elle trouve en partie l'oubli de ses inquiétudes. Elle a entendu le docteur dire qu'il fallait attendre. Elle attend !

Anne-Marie, follement inquiète, ne sait plus que penser. Peut-elle attendre, elle aussi sans rien faire ? Elle essaie de questionner discrètement sa fille :

— Tu sais, ma chérie, si tu as un petit problème qui te tracasse, tu peux m'en parler. À nous deux, nous pouvons mieux trouver la solution.

— Je sais, maman. Mais tu peux pas comprendre !

Là, la maman est sur son terrain. Avec les enfants, les adultes sont sensés ne jamais rien comprendre. Par la suite, c'est souvent les cas les plus simples à résoudre. Elle insiste, à peine :
— Je sais, je sais…mais je pourrais essayer ? On a déjà connu des fois où ça a marché. Tu ne crois pas ?
Marie-Do dodeline de la tête, elle sait qu'elle va finir par tout dire à sa mère. Parce qu'elle a confiance, elle ne se moquera pas. Mais quand même, c'est bien difficile. En vérité, elle ne sait pas par où commencer. Ni même si elle croit vraiment ce qu'elle va dire. Au cours de ces derniers mois, cela lui paraissait évident. Julien était vraiment près d'elle presque chaque soir. À présent qu'elle doit formuler la chose pour la faire entendre à sa mère… se peut-il qu'elle doute ? Mais peut-elle aussi rester avec cette interrogation ? Si elle ne fait ni ne dit rien, jamais plus elle n'aura de nouvelles du garçon. Sa mère peut-elle faire quelque chose ? Tout se brouille dans sa tête. Elle se lève péniblement, va jusqu'à l'armoire qu'elle ouvre, en sort le petit tabouret et s'assoit. Elle raconte tout à sa mère, mais de façon si confuse que celle-ci a bien du mal à la suivre. Après un dernier hoquet, la fillette fond en larmes.
Anne-Marie a passé un long moment pour apaiser sa fille. Elle a bien compris que les mots ne serviraient à rien. Son instinct de mère l'a guidée et elle a laissé parler son cœur. Submergée par ce flot de tendresse sécurisante, Marie-Do s'est peu à peu calmée. À présent, elle s'est endormie, mais son sommeil est agité et Anne-Marie reste vigilante. Elle essaie de démêler ce qu'elle a cru

comprendre des confidences de sa fille. L'histoire de la médaille l'étonne. Quand elles ont quitté la Bretagne, après les vacances, Marie-Do avait encore sa chaîne avec la médaille effectivement offerte par la grand-mère. Ce n'est que plus tard qu'elle a dit l'avoir perdue. C'était juste après leur voyage à Paris, pour l'exposition. Anne-Marie ne voit pas à quelle occasion la fillette aurait pu remettre l'objet à Julien. Les deux enfants ne se sont jamais revus. Comme elle-même n'a jamais revu Marc, sauf de loin. La voilà qui retombe dans ses sentiments personnels. Attention, danger ! Ne plus penser à ce type. Et pourtant…

Anne-Marie rejette ses sombres pensées. Le plus important, aujourd'hui, c'est Marie-Do.

Le téléphone sonne avec insistance depuis une bonne minute.

— Allo, Anne-Marie Duchemin, j'écoute … bonjour, Mr Jouhanneau…

Zut, qu'est-ce qu'il lui veut ? Elle a pris trois jours sur ses congés pour être près de sa fille mais son travail n'en souffrira pas, ils ont ses coordonnées, si besoin est.

— Oui, elle va mieux, je vous remercie…je pense que je serai au labo lundi…à dix heures, dans la salle de réunion ? d'accord, j'y serai…bien sûr, vous savez que j'adore les nouveaux projets…merci, à lundi.

Elle raccroche l'appareil avec une pointe d'inquiétude. C'est vrai qu'elle adore son métier et participer à un nouveau projet, c'est bon pour sa carrière. Elle a déjà entendu parler, au labo, d'une extension de la gamme de produits. Elle ignore totalement ce dont il s'agit, mais il a été question d'une collaboration avec une entreprise du sud de la France. Pourvu que son rôle dans l'affaire se réduise aux recherches de labo, à Bordeaux. Des déplacements, loin de chez elle, en ce moment, avec sa fille qui ne va pas très bien. Et en plus les problèmes de l'école, l'année scolaire n'est pas finie. Difficile de mener une carrière quand on est seule à assumer. Difficile d'être seule, tout simplement ? Ah, non, tu ne vas pas recommencer ! Demain c'est dimanche. Prépare plutôt un bon déjeuner pour Marie-Do, elle en a bien besoin, avec un bon dessert qu'elle aime. Tu penseras à toi après.

Marc s'est levé de bonne humeur. Aujourd'hui, c'est samedi. Hier au soir, il a été chercher Julien à l'école. Ils sont rentrés tout deux à l'appartement des Buttes-Chaumont, après être passés faire un dernier bisou à Mamy Simone. Julien s'est bien adapté à son nouveau rythme de vie. La perspective de voir son père chaque matin et de passer tous les week-ends ensemble le réjouit. Sa mamy n'est que trop heureuse aussi de sa présence, d'autant plus que la plupart du temps, Marc reste dîner le soir en raccompagnant l'enfant. Seul, Marc a quelque difficulté à organiser sa vie professionnelle en fonction de tous ces déplacements. Hier, en fin d'après-midi, il n'est pas repassé par son bureau. Le soir, en rentrant chez lui avec Julien, il a trouvé un message de sa secrétaire sur son répondeur. Comme souvent en fin de journée, la batterie de son mobile était à plat et il n'était pas joignable. Mr Roseau cherchait à le joindre. Il avait cherché toute la soirée qui pouvait bien être ce Mr Roseau qu'il ne connaissait pas. Le numéro provenait du sud-est de la France. Le message lui demandait de rappeler, si possible dès samedi matin. Il avait terminé de préparer le petit déjeuner et comme Julien n'était pas encore réveillé, il entreprit de joindre ce monsieur.

— Ici, Les Herbiers du Sud. Nos bureaux sont ouverts du…

Marc laisse défiler le message et en final :

— Si vous avez un message personnel, vous pouvez joindre Mr Roseau. Nous pouvons vous transférer directement sur son mobile, pour cela taper 1, sinon vous …

Marc tape le 1.

Un quart d'heure plus tard, alors que son correspondant vient de raccrocher, il s'interroge sur l'importance de la proposition qu'il vient de recevoir et surtout sur les conséquences qu'elle peut entraîner pour l'organisation de son emploi du temps déjà hautement perturbé. Ce Mr Félicien Roseau vient de la part des Laboratoires Jouhanneau. Recommandé par Mr Jouhanneau lui-même. Il a eu l'occasion de voir les résultats de son travail dans la conception du stand lors de la précédente exposition, à Paris. Possédant une importante exploitation horticole dans la région sud-est, il envisage la création d'un espace à vocation commerciale, présentation et vente de produits dérivés de ses propres productions. L'affaire est plus ou moins liée à un accord entre les Labos Jouhanneau et sa société. Il désire faire appel à son cabinet pour la réalisation des espaces et leur décoration. Le projet est intéressant et paraît important. Donc, séduisant. En revanche, c'est loin. Et pour le moment, les déplacements sur plusieurs jours ne l'arrangent pas du tout. Il a bien proposé à son interlocuteur de le mettre en rapport avec son associé, mais il n'a rien voulu savoir. Il veut Marc Marchand, recommandé par Charles Jouhanneau, un point, c'est tout. Il attend sa réponse dès lundi et veut aussitôt prendre un premier rendez-vous sur place. Il a des bureaux à Sainte-Maxime, à mi-chemin entre Nice et Marseille. L'aller-retour en avion peut être fait dans la journée pour un premier contact. Entre-temps, le lait a débordé sur la plaque vitrocéramique et Julien fait entendre sa présence au fond du couloir. Marc remet à plus tard sa décision.

— C'est froid !

L'appréciation péremptoire de Julien est parfaitement justifiée. Le lait nouveau est arrivé dans la casserole, mais n'a pas encore eu le temps d'atteindre la bonne température pour le gamin. Comme tous les enfants, pour lui, ce qui n'est pas trop chaud est forcément trop froid. Le lait retourne sur le feu et Marc retourne à ses problèmes. Décidément cette proposition est bien alléchante.

— Zut, je me suis brûlé.

Julien a failli lâcher la casserole. Comme son père est perdu dans des réflexions profondes, il n'a d'autres solutions que de se servir lui-même. Il lui jette un regard noir tout en secouant ses doigts pour bien montrer l'étendue de sa douleur. Marc se précipite pour évaluer les dégâts. C'est tout ce que désirait Julien, un peu d'attention. Le lait n'a laissé aucune marque rouge sur ses doigts et il se contente de constater :

— C'est passé à côté, je l'ai échappée belle.

On reparlera d'autres choses jusqu'au déjeuner, préparé et pris en commun. C'est un des moments privilégiés appréciés par l'enfant. Au dessert, le spleen réapparaît dans ses yeux.

— Tu sais…il faut que je te dise…parce-que, tu vois…

Pour l'heure, Marc ne sait ni ne voit grand-chose. Il sait seulement que depuis leur retour de Bretagne, à Pâques, Julien est tracassé par quelque idée qu'il n'arrive pas à saisir. Il manifeste son attention aux propos de l'enfant :

— Oui ?

— Ben voilà, je voulais te dire... il faudrait un coffre dans ma chambre…ici.

Il y a bien un coffre dans sa chambre, chez sa mamy. Mais il en veut un aussi dans l'appartement. Il n'a pourtant pas tellement de jouets à ranger. Marc est perplexe.

— Tu as un placard, tu peux ranger ce que tu veux dedans

— Non, c'est pas pareil.

— C'est pour mettre quoi ?

— Tu comprend rien. Si j'ai pas de coffre, Marie-Do, elle peut pas venir.

Là, Marc est largué. Que vient faire la fillette dans un coffre ? il manifeste son étonnement et Julien se voit contraint de préciser :

— C'est notre grand secret. J'avais la médaille, mais je l'ai plus. Mamy Simone l'a jetée quand elle a rangé mon coffre chez elle. Ou alors, elle l'a pas vue. Mais c'est la

même chose. Alors j'ai l'épingle. Mais il faut le coffre, sinon elle peut pas venir.
Ouf, il s'arrête, épuisé et regarde son père. Bon, il voit bien qu'il n'a rien compris, mais il n'a pas la force d'aller plus loin. Il faudra qu'il trouve la solution tout seul. En attendant, et pour faire diversion :
— Si on allait au Parc ?
Marc est un peu rassuré de voir son fils changer si rapidement de sujet. Après tout, son problème n'est sans doute pas si grave. Bonne idée d'aller au Parc, ça changera les idées. Ils en ont besoin tout les deux. Sauf qu'avant d'être arrivés à l'entrée des Buttes-Chaumont, Marc ne pense plus qu'au projet, à l'autre bout de la France.
Le soir, Julien installe deux serviettes pliées en quatre dans le fond d'un vieux carton que son père a remonté de la cave.

XXVIII

— Comme vous pouvez le constater, Anne-Marie, vous n'avez pas le choix. Nous comptons sur vous.
Elle constate. Charles Jouhanneau, le père, ne lui laisse effectivement pas le choix. Par la même occasion, Mme Duchemin est devenue Anne-Marie. Pour un peu, elle se sentirait de la famille. Il y a aussi Jean-Paul qui, depuis le début de la réunion, ne cesse de la regarder avec insistance. Il ne faudrait pas qu'il s'imagine être ainsi plus proche d'elle. À la rigueur, un petit frère. N'empêche qu'elle est drôlement fière. Elle, la toute dernière arrivée, comme ça, tout d'un coup, être choisie pour diriger un projet de cette importance; elle en a la tête qui gonfle un peu et se réjouit de ne jamais porter de chapeaux : elle aurait été obligée de les changer pour la taille au-dessus. « Mais c'est pas vrai. Tout le monde me regarde. Et ce grand dadais, qui se cache à moitié derrière l'autre pimbêche. Il n'a pas l'air content. » Bien sûr qu'il n'est pas content, c'est son ancien chef de service. Il n'aurait pas fallu le pousser bien fort pour qu'il accepte la mis-

sion, lui. Maintenant, il ne reste plus qu'à mettre en place les détails, le planning, le calendrier des déplacements. Zut, elle retombe de son piédestal et se cogne la tête à la réalité en se relevant. Et Marie-Do ! L'idée du lancement d'une gamme d'extraits de plantes l'emballe positivement. Dans l'immédiat, il a été question d'une première réunion sur le futur site de production. Celui-ci se trouve au sud-est du pays. Depuis Bordeaux, traverser la France, à l'horizontale, alors que toutes les voies de communication rayonnent en partant de Paris, quelle galère. Difficile à faire dans la journée. Et pour des déplacements de plusieurs jours, quoi faire avec Marie-Do. Elle savait bien qu'on ne fait pas carrière quand on est seule avec un enfant ! c'est trop bête, on verra bien en temps voulu. Elle respire un grand coup, se redresse et sourit à Charles, (eh oui, pourquoi pas après tout, c'est lui qui a commencé), qui lève son verre dans sa direction avec un clin d'œil. Au moins, avec lui elle est tranquille, dans les affaires, ce n'est pas l'homme à mélanger les genres. Elle prend une coupe sur le plateau qu'un ancien collègue lui tend, avec déférence lui semble-t-il. Elle remonte sur le piédestal et la vide d'un trait.

Elle ne sait pas encore que la société a loué pour elle, à Sainte-Maxime, à l'année, un appartement ravissant avec vue sur la mer. Mais tellement loin de Bordeaux. Elle ne se doute pas non plus de ce que dira sa fille en apprenant que Sainte-Maxime est à beaucoup plus de quatre cent quatre-vingt-dix-neuf kilomètres de Paris.

Le cauchemar ne commencera que le lendemain matin, au moment de fixer la date de la première réunion sur place. Félicien Roseau, elle vient d'apprendre que c'est ainsi que ce nomme le patron de la société associée, ce Félicien donc, souhaiterait vivement qu'elle se déroule sur au moins deux jours. En plus en fin de semaine, un jeudi et le vendredi. La réunion se prolongera par un week-end « de tourisme, afin de leur faire connaître la région ». Première question : qui sera du voyage ? La réponse est simple, l'architecte chargé de la réalisation matérielle des lieux à vocation commerciale et de leur décoration. Bon, jusque-là, ça va, on ne travaillera pas en amateurs. Deuxième question, toute personnelle, et là, Anne-Marie ne la pose qu'à elle même : quoi faire de Marie-Do.

Elle est loin de se douter que, à quatre cent quatre-vingt-dix-neuf kilomètres de Bordeaux, assis derrière sa grande table de travail, un architecte soucieux se pose la même question. Sauf que pour lui, l'enfant s'appelle Julien.

Pour les deux, le principal est de savoir si la perte de deux jours de classe, presque en fin d'année scolaire, est justifiée par la perspective d'un grand week-end au soleil du début du mois de juin. Pour les enfants, la réponse est incontestablement : oui. Mais comme ils ne sont, ni l'un, ni l'autre au courant, on ne leur demandera pas leur avis. Pour les parents, c'est encore plus simple : comment faire autrement ?

C'est ainsi, que, à presque un demi-millier de kilomètres l'un de l'autre, alors qu'ils croient ne pas se connaître, deux parents attentifs à leur progéniture, vont, sans le savoir, décider de l'événement sans doute le plus important de la vie des deux êtres qui leur sont les plus chers. Ils concluent, chacun de leur côté car à question semblable, réponse égale, elle s'impose : tant pis, on l'emmène.

Sabine ne décolérerait pas, si son instinct féminin, qui constitue pour elle la base de ses réflexions, ne lui conseillait de mettre en veilleuse le projecteur flamboyant de son regard. La lumière étant plus tamisée, elle ressasse sa déconvenue. Non seulement Félicien vient de lui annoncer, sans ambages, que la véritable gestionnaire du projet serait la déléguée de son associé, mais en plus, qu'elle aurait vraisemblablement l'honneur de partager avec elle le splendide appartement loué à Sainte-Maxime. Pour les bonnes raisons que, d'une part, on n'en avait pas trouvé un second, et ensuite parce que l'une comme l'autre n'y seraient pas en permanence. Sabine se partageant entre son travail et « sa » maison et la déjà fameuse Anne-Marie entre Bordeaux et Sainte-Maxime, elles n'auraient que peu de temps à passer ensemble. Cette organisation aurait en outre l'avantage de permettre de mieux coordonner leurs activités respectives. Tu parles, se dit Sabine, déjà que la nana a décidé de se pointer à la première réunion avec sa gamine, ça promet pour l'avenir. Le deuxième point, et peut-être le plus important, c'est l'annonce de la participation, à cette réunion, de l'architecte que Félicien a choisi sans même la consulter. Et qui a-t-il choisi ? Bingo ! je vous le donne en mille : Marc. Le seul, l'unique sur la place de

Paris. Et pourquoi aller si loin. Il y en a autant qu'on en veut sur la Côte. Eh bien non, il faut qu'il ait choisit Marc. Elle est persuadée qu'il l'a fait exprès, rien que pour l'embêter. Et quelle tête il fera quand il la rencontrera en présence de Félicien ? bien sûr, ils sont divorcés depuis belle lurette et elle est libre de ses actes et de ses relations. Mais vous ne savez pas tout, ma bonne ! ce Marc, que Félicien prétend avoir choisi simplement sur recommandation de Jouhaneau, le père toujours, eh bien ce Marc, vient à la réunion « avec son fils ». Le pauvre, il en a la charge, il faut bien qu'il se débrouille. Elle voit déjà le tableau. Et si tout cela devait se passer en présence d'une étrangère ? Ah non, pas question. La partie gestion et technique n'a rien à voir avec la déco. Pour une première fois, on peut bien faire deux réunions séparées.

Elle attend le retour de Félicien. Il a prévenu qu'il rentrerait un peu tard, il a deux rendez-vous importants, à Marseille, avec des entrepreneurs qu'il compte utiliser pour les travaux à venir. Elle attendra le temps qu'il faut, mais il faudra bien qu'il en passe par sa volonté. Il y a trop longtemps qu'elle a l'impression que le ballon n'est pas souvent dans son camp.

La soirée s'achève. En ce milieu de printemps, la grosse bûche qui flambe dans la cheminée ne s'impose pas d'évidence. Félicien allume toujours la cheminée quand un souci se présente, ça lui laisse le temps de réfléchir. Sabine l'a déjà vu, actionnant calmement le soufflet pour activer un feu que la canicule d'août ne justifiait pas vraiment. Ce soir, après la requête de sa compagne, le rituel s'est déroulé. La bûche choisie étant petite, Sabine en a déduit que la bataille serait de courte durée. Il a réellement paru très surpris du fait que Marc soit son ex-mari. Elle l'a cru. Pour finir il n'y voit aucun inconvénient, du moment qu'elle lui a affirmé qu'ils étaient restés en bons termes. Elle n'allait quand même pas casser le boulot de son ex. La pension qu'il lui verse justifie un minimum d'indulgence. Le voir en privé lui suffit. Félicien s'est assez facilement rendu à ses raisons. La décision est prise de faire deux réunions séparées en les décalant d'une semaine.

C'est ainsi que, à l'autre bout de la France, sans même savoir qu'il y était impliqué, une maman va détruire, dans l'œuf, l'événement sans doute le plus important qui aurait pu se produire dans la vie de son fils. Et par la même occasion, dans celle de la fille d'une certaine « nana ». mais ça, si elle le savait, elle n'en aurait rien à cirer.

Félicien, qui repart le lendemain pour la Grèce, la charge de prévenir les intéressés de ces modifications d'organisation, elle va, volontairement, oublier de le faire, pendant une semaine.

Lorsque Marc annonce à son fils leur escapade prévue pour début juin, celui-ci n'en croit pas ses oreilles. Quatre jours de vacances supplémentaires. Un mois avant les « grandes ». C'est trop beau pour être vrai ! Marc l'a bien prévenu que pour lui, ce n'était pas vraiment des vacances. Il allait à Sainte-Maxime pour son travail. Il

comptait sur lui pour être très sage pendant, au minimum, les deux premiers jours. Il a peu de détails sur l'organisation de la réunion et avec le recul, il regrette presque sa décision d'emmener Julien. Il aurait pu tout aussi bien le laisser à sa mère, sans pour autant qu'il se rende à l'école puisqu'elle ne pouvait pas l'y conduire. Perdues pour perdues, les journées de classe étaient les mêmes. Et si l'enfant n'était pas le bienvenu, s'il était mal reçu ? Comment le prendrait-il ? Après tout c'est une réunion de travail, et si tous venaient avec leurs mioches, quel gâchis ! Quel diable l'a poussé à cette solution, dont il se rend compte à présent, des inconvénients. Il ne peut pas imaginer que le diable en question, pour autant qu'il existe, ne serait peut-être pas très satisfait d'être ainsi qualifié. Mais quel homme n'invoquera pas l'influence d'une inspiration extérieure démoniaque pour se justifier d'une mauvaise décision ?
Ce n'est que le lendemain qu'il constate le changement d'humeur du garçon. Julien sifflote tout le long du parcours sur le chemin de l'école. Le soir, alors qu'ils dînent chez la mamy et qu'elle se réjouit de le voir si gai, il questionne :
— À Sainte-Maxime, il y a un port ?
Et comme aucun des adultes n'a la moindre idée sur la question, il poursuit, s'adressant à son père :
— Ça n'a pas d'importance, on se retrouvera quand même. Je chercherai pendant que tu travailleras.
Et sur ces propos sibyllins, bien dans ses habitudes, il demande la permission d'aller au lit.

Sabine était très embêtée d'avoir à prévenir des modifications, qu'elle avait elle-même suscitées, dans le programme établi. Elle tenait absolument à ce que Marc ignore son implication dans le projet, surtout en raison de sa relation avec Félicien, jusqu'à son arrivée à Sainte-Maxime. Elle comptait sur l'effet de surprise pour mieux lui permettre de maîtriser la situation. Après mûre réflexion, la solution lui apparut, toute simple. Il suffisait de ne rien changer au rendez-vous avec Marc et d'avancer d'une semaine celui de Mme Duchemin.

Elle prit le téléphone pour prévenir Anne-Marie mais omit de lui préciser que seul son rendez-vous à elle était modifié.

Marie-Do a repris l'école. Ses malaises ont disparu et une nouvelle énergie semble l'habiter. Anne-Marie s'en réjouit et essaie de consacrer le maximum de temps à sa fille. La fillette n'a plus fait allusion à Julien. Mais le petit tabouret a rejoint sa place dans le placard.

Le jour du départ approche, c'est pour dans deux semaines. Elles doivent toutes deux, prendre le vol de sept heures quinze le jeudi matin, avec retour le dimanche soir. Le lendemain, Marie-Do rentre de l'école, catastrophée. La semaine prochaine, le jeudi, c'est jour de contrôle. Elle ne peut manquer la classe. Anne-Marie ne résiste pas longtemps devant le chagrin de sa fille, atterrée de ne pas être du voyage. De plus, il est trop tard pour trouver une solution de remplacement. Elle ne met que peu d'espoir dans sa démarche, mais elle tente le tout pour le tout. Elle appelle Les Herbiers du Sud. C'est Sabine qui répond, Félicien étant toujours en Grèce. La demande d'Anne-Marie la prend de court. Repousser d'une semaine, c'est impossible, Marc arrive à ce moment. Récemment, il a confirmé qu'il prenait le vol du jeudi matin avec retour le vendredi soir. Il doit venir seul, sans son fils car celui-ci ne peut manquer l'école. En raison des contrôles, a-t-il précisé. Dans ce cas, il ne restera pas pour faire du tourisme le week-end et s'en est excusé. Sabine a failli l'avoir au bout du fil, lorsqu'il a appelé; elle a tout de suite reconnu sa voix et transmis l'appel au secrétariat qui a pris le message. Revenant à Anne-Marie, elle concocte aussitôt une solution. La jeune femme a encore le temps de trouver deux places sur le vol de samedi matin. La réunion peut être fixée au lundi et le week-end de détente se fera avant, tout simplement. Ouf, elle est fière d'elle, Marc rentre le vendredi soir, Mme Duchemin (décidément elle ne se fait pas à l'appeler Anne-Marie, mais ne sait pourquoi) et Mme Duchemin, donc et sa mouflette, se pointeront le samedi matin. Mission réussie, mon adjudante !

Sauf que, lorsque Anne-Marie prend contact avec l'aéroport, il ne reste deux places que pour le vol arrivant vendredi soir. Elle réserve et laisse un message au secrétariat des Herbiers du Sud.

Sabine dormira mal la dernière semaine, même si la consultation des horaires Marseille-Paris et Bordeaux-Marseille l'a un peu rassurée. Marc embarquera une bonne demi-heure avant l'arrivée de l'avion en provenance de Bordeaux.

Marie-Do, elle, s'endort satisfaite. Elle sera au rendez-vous, même si la date a changé. De toute façon elle n'était pas vraiment fixée.

Julien s'endort aussi, mais parce qu'à cet âge-là, les yeux se ferment dès qu'on n'y prend pas garde. Et puis, avec toutes ces étoiles dans le ciel, il faut bien croire qu'il y en a une de bonne !

XXIX

À Marseille, Marc s'apprête à prendre son vol de retour pour Paris. Il n'est toujours pas totalement remis de la surprise qui l'attendait à son arrivée à l'aéroport, la veille au matin. Sabine, venue l'accueillir, seule, s'avançait vers lui comme si c'était la chose la plus naturelle du monde. Il était pourtant habitué à ce que les choses lui paraissent toujours hyper normales, comme elle dit, sous réserve qu'elles se présentent dans le sens de son intérêt. Mais cette fois-ci, il n'a pas du tout apprécié qu'elle ne l'ait pas informé par avance. Pour un peu, il reprenait le premier avion en sens inverse. Sabine eut toutes les peines du monde à l'en dissuader. Commencer une collaboration sous de tels auspices lui paraissait inconcevable et il le lui dit. Vertement. Affolée par le tour que prenaient les événements, Sabine commençait à paniquer complètement à la pensée de devoir expliquer à Félicien les raisons de la défection de son architecte préféré. Heureusement en fouillant bien dans son sac, elle y découvrit un tour imparable. Elle remit la conversation sur pied en moins de temps qu'il lui fallut pour le dire, ce qui n'est peut-être pas un paradoxe :

— Comment va Julien ? Pourquoi ne l'as-tu pas amené ? C'est toujours la même chose, avec toi. Dès que je peux un peu en profiter, tu t'arranges pour que ce ne soit pas possible.

Devant l'évidente mauvaise foi de son ex, Marc n'a plus qu'une seule solution : se défendre. Mais, on le sait bien, la meilleure défense, c'est l'attaque et comme c'est elle qui l'a portée la première, il a perdu d'avance. Comme toujours. Il lève un bras en signe de reddition, empoigne sa valise et monte dans la voiture de Sabine.

Autant dire qu'il a mené la réunion tambour battant. Félicien est un homme charmant. Après tout, Sabine est bien tombée se dit-il, mais s'il se doute bien qu'elle a longuement choisi son point de chute. Les idées lui viennent facilement et décidément, ce Félicien sait parfaitement où il va et ce qu'il veut. Cela plaît beaucoup à Marc et les deux hommes s'entendent facilement. Sabine enrage de se retrouver sur la touche, les problèmes évoqués ne l'intéressant que moyennement. Seul l'aspect fonctionnel de la partie commerciale et sa décoration lui paraissent dignes d'intérêt. Mais le projet n'en est pas encore là.

Elle vient de déposer Marc dans le hall de l'aéroport. Celui-ci a passé la porte de la salle d'embarquement et attend, sagement assis sur un de ses sièges prévus afin de ménager le minimum de confort et inciter les voyageurs à choisir ensuite la classe affaire.

Le vol est annoncé avec une demi-heure de retard au départ. La raison en est que l'avion est celui qui vient seulement de se poser et qui reprendra ensuite son vol, après contrôles d'usage, en direction de Paris.

Marc a posé son journal et regarde passer, derrière les vitres de séparation du couloir, les passagers en provenance de Bordeaux qui sortent de l'avion qui reprendra sa route vers Paris, bouclant ainsi sa journée.

Anne-Marie a aperçu Marc la première. Tenant un petit sac d'une main, elle cramponne Marie-Do de l'autre. Ce n'est que lorsque Marc, médusé, s'approche de la vitre, incrédule, pour regarder passer deux grands yeux bleu turquoise sous un ridicule chapeau de paille, qu'elle détourne la tête. La gamine n'a encore rien vu et se laisse entraîner dans le sillage de sa mère. Le cœur d'Anne-Marie bat à tout rompre. Sa surprise est si grande qu'elle ne pense qu'à fuir ce qu'elle prend pour un mirage. Non mais, quelle idiote tu fais. Tu ne va quand même pas le voir à tous les coins de rue. Calme-toi ma vieille.

— Maman, maman, c'est Marc !

Anne-Marie voudrait peut-être revenir sur ses pas, mais le flot des voyageurs les entraîne irrésistiblement.

Et Marc, impuissant regarde s'éloigner un ridicule petit chapeau de paille qui danse au-dessus de la foule, alors que, par exception ce soir, il tombe un crachin pas possible sur Marseille. Au point que l'on se croirait en Bretagne.

Marie-Do s'est retournée, jusqu'au dernier virage. Quand elle eut perdu de vu celui qui pour elle n'est que le père d'un certain petit garçon, elle se retourne vers sa mère :

— Mais pourquoi il n'est pas là !

Et Anne-Marie aussi a eu envie de pleurer.

Sabine a assisté à toute la scène. Félicien, un peu en retrait, a-t-il, lui aussi, remarqué l'étrange comportement de Marc au passage de cette femme ? Sabine ne se souvient pas particulièrement du visage de celle qu'elle a rencontrée un soir, par hasard, sur le stand de l'expo, la veille de l'ouverture. Mais ce qui l'a frappée aujourd'hui, chez cette femme, derrière la vitre, c'est la couleur étrange de ses yeux. Un bleu indéfinissable, comme deux pierres précieuses. Et ça, elle s'en souvient brusquement. C'est Anne-Marie qui vient de passer. Avec sa gamine. L'inquiétude ne la gagnera que plus tard dans la soirée, quand elle se remémorera que c'est Jean-Paul qui lui a présenté la jeune femme. Et dans des circonstances pouvant prêter à de fausses interprétations. Il ne faudrait pas que cette gourde fasse l'impair de penser qu'elles sont vraies. Sabine se précipite à la recherche d'Anne-Marie et de sa fille. Elle cherche Félicien du regard, mais celui-ci a déjà repéré les deux voyageuses occupées à récupérer leurs bagages et s'est porté à leur secours. Sabine arrive bonne dernière. Décidément, elle aura intérêt à surveiller la porte de la bergerie, les louves volent bas cette année. Elle ne s'est toujours pas rendue compte que celui qu'elle considère comme son agneau fidèle, possède une mâchoire qui pourrait bien effrayer n'importe quel petit chaperon rouge.

Ils sont tous repartis dans le Land Rover 4x4 de Félicien. La route est longue de Marseille à Sainte-Maxime. Sabine a tout le temps de se morfondre à l'arrière du véhicule en regardant Anne-Marie que Félicien a eu la courtoisie d'installer à l'avant. On n'a pas idée de voyager, par ce temps, avec une jupe aussi courte. Bel exemple pour sa fille. Et ne me dites pas que moi, j'ai attrapé mon mec avec un maillot de bain, sur la plage de Deauville. C'est faux. C'était la faute à un coup de vent, et ce n'était pas un maillot de bain mais un string.

XXX

Marie-do bat des mains devant la porte-fenêtre.
— Maman, maman, je peux sortir sur le balcon ? T'as vu, il y a la mer !
Anne-Marie sourit au plaisir de sa fille et la rejoint sur le balcon.
— C'est beau, n'est-ce pas, tu es contente d'être venue ?
— C'est génial !
Anne-Marie se prend à rêver que c'est aussi grâce à son propre génie qu'elles se retrouvent, toutes deux ce matin, sur les bords de la Méditerranée. Mais la fillette, extasiée :
— C'est vraiment génial, cette vue !
Bon, le génie, c'est le créateur du paysage. Il n'empêche que c'est quand même grâce à mon boulot que tu peux l'admirer. Anne-Marie se garde bien de faire partager sa réflexion à sa fille. Et celle-ci poursuit, les yeux toujours fixés sur l'immense nappe bleue :
— Mais il est où, le port ?

Et c'est pourquoi, Félicien et Sabine, venus avec un super programme pour faire découvrir le Massif des Maures à leurs invitées, se retrouveront à faire le tour du golfe de Saint-Tropez par la route côtière. À la recherche du moindre recoin pouvant abriter un bateau.

Marie-Do avait longuement chuchoté à l'oreille de Félicien. Il finit par donner une petite tape amicale sur la joue de la fillette en déclarant :

— D'accord, va pour la côte, ma belle. Et ouvre bien les yeux.

Le soir, en les raccompagnant, Félicien embrassa Marie-Do et ils échangèrent quelques phrases. Anne-Marie eut l'impression qu'il réconfortait l'enfant. Mais ils parlaient trop bas pour qu'elle comprenne.

Le lendemain soir, après une journée consacrée à étudier les grandes lignes du projet, ils se retrouvent tous autours d'une bonne table pour le dîner. Un peu avant de se séparer, Sabine se tourne vers Anne-Marie, avec une légèreté un peu affectée :

— Vous connaissez Marc ?

— …Non…qui est-ce ?

La question a surpris Anne-Marie. Sabine n'a pas pu se retenir plus longtemps de la poser. Depuis la scène de l'aéroport, elle ne trouve aucune explication à l'attitude de son ex-mari. La manière dont il a regardé passer la jeune femme ne relevait pas de la simple admiration. Par ailleurs, Sabine ne conçoit pas que Marc puisse s'extasier devant quoi que ce soit. À la limite, face aux tuyaux du centre Beaubourg, mais devant une femme…non !

— C'est l'architecte dont nous venons de parler, celui qui doit réaliser le hall commercial. Mr Lemarchand.
— Ah, bon
Anne-Marie garde une prudente réserve. Alors Sabine précise :
— Vous l'avez peut-être vu. À l'aéroport, vendredi soir. Il repartait sur Paris quand vous avez débarqué. Il vous à croisée et regardé comme si vous lui rappeliez quelqu'un.
— Je n'ai rien remarqué.
De quoi elle se mêle, celle-là. Bien sûr que je l'ai vu ce Marc. Bien sûr que je le connais, et après ? En quoi ça la regarde. Il l'intéresse ? Ce n'est pas étonnant, tous les hommes l'intéressent. Pas plus tard qu'hier soir, au resto. Même Félicien en était gêné. À propos, elle ferait bien de surveiller sa laisse, au Félicien. Pas plus tard qu'hier, quand on a visité sa petite serre tropicale…, je veux bien qu'il reste peu de place dans les allées…mais quand même, dans ces cas-là, on peut se suivre à bonne distance. Bon, d'accord, avec moi elle ne risque rien. Ce n'est pas mon genre. Quoique… les restes n'ont pas l'air de sortir du congèl., du consommable sans préchauffage ! T'arrêtes, non. Tout le monde te regarde.
Pas tout le monde, mais Sabine, qui reste en attente. Elle ne sait plus trop quoi dire, elle se contente de lancer négligemment :
— C'est mon mari… enfin…mon ex-mari, nous sommes divorcés.
Et pour faire bonne mesure :
— Depuis pas mal d'années.

Les cloches de Notre-Dames paraissant insuffisantes, Anne-Marie ajoute le carillon de Westminster. Son Marc… divorcé, il n'a donc pas menti. Mais alors…qui a raconté le contraire ? Sa mémoire n'est pas infaillible, mais suffisante pour lui restituer les paroles entendues au téléphone, un après-midi de fin de vacances, en Bretagne. Il n'y a que quelques mois.

— *Il n'est pas là, c'est de la part de qui ? ... Ils sont partis..., Marc devait acheter un cadeau pour l'anniversaire de sa femme. Elle arrive aujourd'hui...*

Est-il possible qu'elle se soit laissée berner de la sorte ? Et la mamy… pourquoi ? Elle rêve d'un fauteuil roulant, en haut d'un escalier… un petit coup et, hop. Attends, elle n'a qu'une canne, et puis c'est la maman de Marc, elle couve son bébé. Ce n'est quand même pas une raison pour faire une telle saloperie. Il doit y avoir autre chose. C'est peut-être lui qui lui a dit de…

Elle ne sait plus où elle en est, et sous le regard médusé de Sabine, elle file vers les toilettes après un bref geste d'excuse.

Ce n'est que le soir, enfermée dans sa chambre de l'appartement avec vue sur la mer, qu'elle videra désespérément son sac à main, à la recherche d'un petit bout de papier. Un simple coin de feuille, déchiré au hasard d'un prospectus et sur lequel elle avait noté, un soir, sur le comptoir d'accueil d'un stand d'exposition, un numéro de téléphone. Elle ne va quand même pas le demander à Sabine !

XXXI

Marc n'a pas pu consoler Julien de ne pas être du voyage à Sainte-Maxime. Sa mamy s'est mise en quatre pour l'occuper pendant les deux jours d'absence de son père. Une des nombreuses amies de Simone, qui était motorisée, avait accepté de le conduire le matin à l'école. Il gardera longtemps le souvenir de ces trajets. À cheval à l'arrière d'un scooter des années quatre-vingts, le casque sur la tête, cramponné à la taille d'une amazone de soixante balais qui serpente allègrement entre les files de voitures en interpellant les conducteurs assez intrépides pour rester sur sa route, il n'entendait heureusement pas les chapelets d'appellations de volatiles dont ceux-ci étaient abreuvés. À cause du casque, bien entendu ! Ces agréables intermèdes lui permettaient de passer toutefois quelques moments agréables dans la journée, dans la cour de l'école, quand il racontait ses épopées aux copains. En enjolivant, bien sûr ! Le matin, Mamy Simone le conduisait chez son amie, qui habitait dans une rue toute proche, et s'en revenait tranquillement chez elle.

Non sans prendre, en passant chez son boulanger, quelques délicieuses brioches pour son petit déjeuner. Ce n'est que vendredi soir qu'elle apprendra que son amie n'a jamais possédé d'automobile. La vue du scooter lui a fait friser l'arrêt cardiaque. Elle n'en a pas parlé à son fils. Celui-ci a bien d'autres soucis en tête. En particulier, Julien.

Le garçon avait prévenu :

— C'est pas la peine que je reste ici, si je pars pas, je f'rai rien à l'école.

Et quand il prend son air boudeur, ça craint ! Marc n'a pas voulu le croire, car son fils travaille bien et tient à conserver sa troisième place dont il est très fier. Il a eu tort.

— Je t'ai pourtant bien expliqué que je ne suis allé à Sainte-Maxime que pour travailler. Tu te serais embêté ces deux jours. Personne ne pouvait s'occuper de toi.

— Je sais, je sais que tu travailles…mais moi j'aurais pu me promener sur le port, en t'attendant.

— Tu te vois, tout seul sur le port ?

— J'aurais pas été tout seul ! Marie-Do était là.

Ça y est, ça recommence. Marc s'apprête à sermonner l'enfant. Il faut que ces rêves lui sortent de la tête. Et puis, brutalement, il revoit Anne-Marie débarquant de l'avion, à Marseille, accompagnée de sa fille. Il ne sait même pas ce qu'elle faisait là, ni où elle allait. Il l'a vue, c'est tout, comme dans un rêve. Et Julien, lui, avant ça, sans être sur place, il savait qu'il rencontrerait sa petite amie ? Comment c'est possible. Marc commence à penser que les « rêves » de Julien paraissent prendre un sé-

rieux aspect de prémonition. Plus pragmatique sur le sujet qu'Anne-Marie, il envisage immédiatement la seule solution admissible : avant leur départ de Bretagne, ils ont échangé leurs numéros de téléphone. Ils s'appellent régulièrement. C'est tout simple. Après d'intenses recherches, il ne retrouve aucune trace d'éventuelle communication sur ses relevés de factures. Rien non plus pour celles de Mamy Simone. L'enfant appellerait-il de chez sa mère exclusivement ? Connaissant Sabine et sa manie de toujours le tenir sous surveillance à la maison, c'est peu probable.
Marc doit se rendre à l'évidence. Il est impossible que les deux enfant puissent communiquer. De plus, peu après son retour des vacances de juillet, « par erreur », il a composé le numéro du mobile d'Anne-Marie. Un disque lui a répondu que le numéro n'existait plus.
Il baisse les bras et donne une tape sur l'épaule de son fils
— Essaie de te rattraper le prochain trimestre.
— M'en fiche…j'ai plus envie
Et tout bas, comme pour lui-même :
— Je sais plus où elle est !
Il y a des réponses, comme ça, qui viennent du cœur, mais auxquelles il faudrait tellement de baume pour qu'elles y retournent, que l'on ne sait plus où en trouver. Marc ne veut plus rien, surtout pas briser le rêve de Julien. Il vient de se rendre compte que, depuis déjà longtemps, c'est aussi le sien.
Une question saugrenue que lui a posée Sabine lui revient en mémoire. C'était par téléphone, après son retour

de Sainte-Maxime. Elle prenait des nouvelles de Julien et sans transition :

— Elle n'est pas mal, la femme de l'aéroport. Tu la connais ?

Il n'a pas eu à réfléchir. C'est la seule femme qu'il a en tête. Mais il a feint de chercher :

— Quelle femme ? je n'ai rencontré personne à l'aéroport.

— Tu ne lui a pas parlé, mais tu la regardais avec une telle insistance. À croire que tu étais hypnotisé.

— Me rappelle pas !

Sabine en a été pour ses frais.

En revanche, Marc se souvient à présent qu'elle a poursuivi, négligemment :

— Quand je dis qu'elle est pas mal…mais sa fille est très mignonne…et intelligente…elle.

Les coups bas, Sabine, elle excelle dans le genre. Pour les donner. Mais parfois ils se révèlent particulièrement bienfaisants. Marc n'avait pas relevé l'allusion, avec Sabine, il est blasé. À la réflexion, si elle a parlé ainsi de la fillette, c'est peut-être qu'elle la connaît mieux qu'elle ne veut le dire. De fil en aiguille, il en vient à penser que ce pourrait bien être la déléguée des Labos. Elle devait arriver le lendemain de son départ, mais elle peut bien avoir avancé son voyage. Plus il y réfléchit, plus il s'en persuade. Le hasard, qui d'habitude vous fait espérer des choses qu'il ne tient jamais, aurait-il cette fois décidé de favoriser la météo du cœur et laissé passer un éclat de ciel bleu. Turquoise, bien entendu.

Le numéro de téléphone des Laboratoires Jouhanneau, il connaît. Alors, pourquoi pas ?

— Madame Duchemin n'est pas là pour le moment. Elle sera de retour dans trois jours. Voulez-vous lui laisser un message

Il hésite. Dire que c'est personnel le gêne. Il se lance :

— C'est au sujet du projet avec Les Herbiers du Sud. De la part de Marc Lemarchand. L'architecte chargé des infrastructures et de la décoration.

Il a dit Marc, il a failli oublier Lemarchand. Et si c'était elle qui l'avait oublié.

Il aura sa réponse le lendemain matin, en arrivant a son bureau.

Mme Duchemin, des Laboratoires Jouhanneau, vous a appelé. Elle demande que vous la rappeliez, mais pas avant trois jours.

Marc remercie sa secrétaire qui lui tend la fiche avec le numéro de téléphone. Ce n'est pas celui des Labos. Il laisse son regard suivre inlassablement la trotteuse de la petite pendule placée sur son bureau. C'est long, trois jours !

XXXII

La petite échoppe de Talence a rouvert ses volets. Le soleil, en cette matinée fin de printemps, inonde le petit salon. Anne-Marie est de retour après trois semaines passées à Sainte-Maxime. À son arrivée, la veille au soir, Marie-Do l'attendait, avec Greta. Celle-ci l'avait gardée pendant son absence et une bonne partie de la soirée fut occupée à évoquer les multiples aventures qui ne manquent pas d'arriver à une petite fille privée de sa maman pendant une aussi longue période.
— Tu m'a manquée, tu sais. Alors j'ai beaucoup travaillé… et puis j'ai eu des bonnes notes…et puis on s'est bien amusées, avec Greta. Pas vrai, Greta ?
La jeune fille acquiesce. Elle a pourtant l'air un peu fatiguée. Trop d'amusement, peut-être ?
Anne-Marie connaît bien sa fille et son éternel besoin d'activité. Sans entraînement, difficile de résister une semaine. Alors, trois !
Mais la fillette poursuit, sans transition :
— T'a pensé aux vacances ?

« Ben voyons ! je viens de me taper trois semaines de travail intensif, à l'autre bout du pays. Avec des gens qui se sentent toute l'année en vacances, au soleil, et qui s'imaginent que les autres sont faits pour bosser à leur place. Alors, bien sûr, moi j'ai eu tout le temps de penser aux nôtres » Mais la maman garde ses réflexions pour elle.
— Il nous reste un peu de temps pour y penser. Laisses-moi arriver.
— Bon, ben ça y est, t'es là ! On va à Concarneau, comme l'année dernière !
Ce n'est même pas une question. Et la fillette enchaîne :
— Il faut y être les tout premiers jours de juillet. Julien doit aller chez sa mère au début d'août.
Anne-Marie questionne vivement :
— Il t'a appelée ?
— Mais non, comment veux-tu…il connaît pas mon numéro. Mais je sais !
La lassitude gagne la jeune femme, elle tombe de sommeil. Il est près de minuit et il lui faudrait résoudre cette énigme : comment sa fille peut-elle savoir ce que Marc et elle ont décidé avant de se quitter, pas plus tard qu'hier matin après avoir passé trois jours ensemble, à Sainte-Maxime !
Allongée dans son lit, Anne-Marie se remémore les quelques semaines qui viennent de s'écouler. Depuis l'appel téléphonique de Marc au retour de son précédent voyage. Appel suivi de plusieurs autres, toujours à son bureau. Petit à petit, les nuages qui obscurcissaient leurs relations se sont transformés en une ondée bienfaisante.

Marc a piqué une saine colère quand Anne-Marie lui a rapporté les paroles de sa mère. Celles qui lui ont fait quitter précipitamment le gîte de Bretagne. Ils se sont aussi longuement interrogés sur l'étrange comportement de Marie-Do à cette époque. La conclusion s'est imposée : la fillette est jalouse. Mais de quoi ? De voir un autre homme prendre la place d'un père qu'elle voit si peu ? Ils ont décidé de rester provisoirement discret sur leur rapprochement. C'est pourquoi l'idée de se retrouver « par hasard » à Concarneau, cet été, a germé dans leur esprit. Ils pensent que la chose paraîtra plus naturelle aux enfants. Aucun n'a fait part à l'autre du non moins étrange comportement de son enfant et des « contacts » qu'ils s'imaginent entretenir entre-eux. « Il (ou elle) va penser que mon fils (ou fille) débloque si je lui en parle. De toute façon, en juillet, ils se reverront et tout sera oublié. »

Anne-Marie pense au creux de son lit en rêvant à son prince charmant. Dans un jour, dans un mois, pour une éternité…le sommeil l'emporte.

Marie-Do, assise sur un petit tabouret caché dans son placard, se voit en princesse escortée de son chevalier servant. Elle en est sûre. Ce que femme veut, pourquoi le ciel ne lui donnerait-il pas ? Alors, une enfant innocente peut bien y avoir droit.

Marc, lui, ne peut trouver le sommeil et referme en vain ses bras sur un corps trop vite évanoui. Il ne laissera plus jamais passer la chance d'être heureux. C'est elle qu'il cherche à retenir.

Quant à Julien, tapis au fond de son coffre à jouet, il essaye d'imaginer une couleur magnifique pour le repeindre. Une couleur si belle qu'aucune petite fille n'y pourrait résister.

Et il pleure, se croyant abandonné. Avec, dans sa main, une petite épingle à cheveux, toute noire.

XXXIII

Le quai s'étend, tout en longueur. Les pavés sont encore luisants de la brume qui a persisté jusqu'au milieu de l'après-midi. Ils reflètent, distordues, les ombres des bateaux amarrés et doucement bercés par un léger clapot. La brise vient du large et fait claquer les voiles bordées sur les mâts de quelques voiliers, sagement alignés. Un dernier chalutier halète en raclant un haut-fond, juste avant l'embouchure de la passe et finit sa course sur sa lancée en virant de bord face au quai, s'amarrant par l'arrière. L'air frais incite les marins à s'activer autour de leurs chaluts. Ils s'interpellent, haut et fort, de bord à bord. Le quai se charge de tous ces rouleaux de cordage, de ces casiers, des filets jetés depuis le pont des embarcations pour le débarrasser et faciliter le déchargement. Le ciel a fini par se dégager, mais le soleil est à présent trop bas pour réchauffer l'atmosphère qui reste fraîche. Au point que Julien est retourné à la voiture pour se coiffer de sa casquette rouge toute neuve. L'eau du port, sous l'effet du ressac, semble s'écouler depuis l'embouchure et tourbillonne au contact de la jetée. Marc est arrivé depuis une bonne heure en compagnie de Julien. Debout au bord du quai, il regarde le clapotis des vagues qui s'éclaboussent en fines gouttelettes sur l'étrave d'un canot amarré en contrebas. Il se retient de manifester son impatience. Arrivé de la veille aux *Menhirs*, c'est en cette fin d'après-midi qu'il doit retrouver Anne-Marie. Il guette son apparition, les yeux fixés sur l'entrée du quai. Il imagine, par avance, la surprise des deux enfants lorsqu'ils se reverront. Mais sa hâte provient surtout de son désir de retrouver la jeune femme.

Tout a été prévu, ces dernières semaines, pour préserver le secret. Marc et Anne-Marie ont profité de leur activité commune pour se retrouver deux autres fois à Sainte-Maxime. Au grand dam de Sabine qui n'a pourtant plus rien à voir dans l'affaire.

— Et Julien, tu as pensé à Julien ?

— Julien ? qu'est-ce que ça change ?

Marc, qui connaît bien son ex, a pressenti un problème.

— Ça change…que tu vas devoir t'en occuper plus…et même beaucoup plus. À partir de septembre, Félicien et moi allons nous installer définitivement à Cavalaire. Et avec mon nouveau job aux Herbiers, je ne pourrai plus le garder !

Marc a saisi. La balle revient dans son camp. En l'occurrence, Julien, et comme ça ne lui déplaît pas…Il s'en doutait et il a déjà sa petite idée d'organisation. Mi-temps à Sainte-Maxime pour Anne-Marie et lui, pour s'occuper de l'affaire des Herbiers. Le reste à partager entre Bordeaux et Paris. Et pourquoi pas un deuxième cabinet d'architecte décorateur à Bordeaux ? Il y a à faire partout. Sa barque de rêve se balance doucement sur l'eau d'un port devenu miraculeusement bleue.

Julien est parti devant, à une dizaine de mètres, vers l'avant-port où les pêcheurs déchargent leur cargaison. S'engageant dans l'étroit passage entre le bord et un amas de casiers enveloppés d'une bâche, il s'arrête, incrédule. Venant de l'avant-port, une petite silhouette, coiffée d'une casquette bleue, se précipite vers lui, bousculant au passage l'étal d'un pêcheur. En arrivant sur lui, elle bute dans le paquet de cordages lovés au pied de Julien et s'accrochant à lui, elle l'entraîne dans sa chute.

Marc prend soudain conscience d'une présence tout près de lui. Anne-Marie s'approche et il s'apprête à la prendre dans ses bras quand une gerbe d'eau jaillit, tout près, au bord du quai, accompagnée d'un grand "plouf". Il balaye le quai d'un regard rapide… Julien a disparu !. Affolé il voit la casquette rouge qui glisse lentement sur l'eau noire, emportée par le léger courant. Il ne peut voir la casquette bleue qui elle, est restée capturée dans un tourbillon près du bord. Un petit corps se débat et un bras émerge par instants. Julien ne sait pas nager ! Cette pensée galvanise Marc qui, sans plus réfléchir, se jette à l'eau. Deux brasses lui suffisent pour agripper le haut d'un léger blouson. Il passe un bras sous la tête blonde et revient en direction du quai, sa main saisit le premier barreau de l'échelle encastrée dans la pierre et il commence à se hisser quand plusieurs paires de bras se tendent, attrapent l'enfant et le tire hors de l'eau. Quelques personnes ont assisté à la scène et sont venues en aide au sauveteur. Anne-Marie a pris l'enfant qui hoquette et rejette le bol de liquide absorbé.

Marc, encore haletant de l'effort qu'il vient de fournir, se précipite vers les deux silhouettes enlacées qu'il ne fait qu'entrevoir tant sa vue est brouillée. Un long cri jaillit de sa poitrine :

— Julien !

Il se baisse et écarte tendrement les bras d'Anne-Marie.

C'est Marie-Do qu'Anne-Marie serre sur son cœur, sans pouvoir retenir ses larmes.

Hébété, Marc voit le quai désert, il regarde la flaque noire du port. Plus aucun bras ne s'agite, l'eau s'est refermée et il ne subsiste que la petite casquette rouge qui, prise dans le remous, fait de larges cercles.

Derrière les casiers, tout au bord du quai, un petit garçon, assis sur les pavés humides, sanglote en regardant, impuissant, le lent cheminement d'une casquette bleue flottant sur l'eau du port.
Quand Marie-Do a trébuché dans les cordages, il a tenté de la retenir par son blouson. Ses mains ont glissé inexorablement sur la toile lisse de la manche qu'il agrippait et il a vu le petit corps s'enfoncer lentement dans l'eau noire et disparaître à ses yeux horrifiés.
Il se lève péniblement et titube, tout en fixant la casquette qui continue à dériver. Il dépasse la pile de casiers qui lui bouchait la vue.
Au passage, il renverse un casier qui tombe bruyamment sur les pavés.
Marc se retourne :
- Julien !
- Papa !
Julien se précipite, le dépasse, et manque de renverser Marie-Do qui, échappant à l'étreinte de sa mère, lui a ouvert les bras et le serre contre elle.

Éd'Arts

rogerclaire@rogerclaire.fr
www.rogerclaire.fr